KB250335

우리는 수많은 질문의 대답이 기다리고 있는
반짝이는 배를 향해 천천히 앞으로 나아갔다

별이가 우리에게
왔을 때

별이가 ✦ 우리에게 ✦ 왔을 때

✦ 듀나 연작소설

차
례

✳

✕

나는 이 세상의 새가 아니란다, 아이야.
Jag är icke den du tror, ty ditt öga tåras.

— 사카리아스 토펠리우스, 「크리스마스 아침의 참새」
— Zacharia Topelius, 「Sparven på julmorgonen」

자코메티

1

껑충하게 키가 큰 여자아이가 찬미를 내려다보고 있었다.

찬미는 아이의 머리 뒤에서 후광처럼 빛나는 저녁 햇빛에 눈을 깜빡이며 비틀비틀 일어났다. 그때까지 다리를 덮고 있던 박광욱의 시체는 스르르 미끄러져 피 웅덩이에 코를 박았다. 쏟아져 나오던 피는 멎은 지 오래였다. 목에 난 상처에서 뽑은 금속 기계 파편은 아직도 방구석에서 휘파람 비슷한 소리를 내며 꿈틀거리고 있었다.

찬미는 여자아이의 손을 잡고 일어났다. 피에 왼발이 미끄러졌지만, 아이가 부축해 주었다. 찬미는 구석에 굴러다니던 백팩을 주섬주섬 챙겼고, 둘은 말없이 빌라 건물에서 빠져나왔다.

"너를 보호하려다 죽은 거니, 그 사람은?"

아이가 물었다.

찬미는 잠시 망설이다 거짓말을 했다.

"응."

"좋은 사람이었니?"

"모르겠어."

사실이었다. 찬미는 한 달 동안 담임이었고, 이틀 전에 다시 만나 끈적거리는 지옥을 공유했던 그 남자에 대해 아는 게 거의 없었다. 알고 싶지도 않았다. 남자는 이제 죽었고 그것으로 충분했다. 시체도 거기 오래 머물지 않을 것이다. 부패의 냄새가 퍼지자마자 로봇들이 수거해 가겠지.

골목은 텅 비어 있었다. 여기저기 널려 있던 자동차들은 이미 전투 로봇들이 분해해 재활용한 지 오래였다. 이전엔 명학역이었던 곳에 세워진 거대한 탑도 조각난 자동차로 만든 것이었다. 밤만 되면 탑 외벽에 붙은 헤드라이트들이 리드미컬하게 번쩍였다. 아르고스의 탑. 찬미는 정말 그것들이 안양시를 굽어보는 눈이라고 믿었다.

염소만 한 전투 로봇 다섯 대가 아이들 앞을 가로질렀다. 모두 다리가 네 개, 팔이 두 개였고 박광욱의 삶을 끝장낸 것과 같은 모양의 칼날을 머리에 달고 있었다. 그들은 콘크리트 조각들을 끈적거리는 무지개색 섬유로 얽어 쌓은 벽을 거미처럼 타고 넘어갔다. 이런 벽 수백 개가 도시를 미로로 만들었다.

"웨인이야."

아이가 말했다.

"뭐?"

"웨인이라고. 저 전투 로봇들은. 과학자들이 새 분류법을 만들었어. 전투 로봇은 웨인, 방어 로봇은 쿠퍼, 건설이나 수리 전문인 로봇은 기네스, 그리고 메인 컴퓨터 노릇을 하는 올리비에인가 하는 게 또 있대. 우주선도 종류별로 이름이 따로 있다는데."

"그냥 전투 로봇, 방어 로봇, 건설 로봇, 메인 컴퓨터라고 부르면 안 되는 거야?"

"이제는 그렇게 부른대."

"넌 그런 걸 어떻게 알아?"

"라디오에서 들었어."

"아."

라디오 생각을 못 했다. 아니, 한동안 바깥세상 소식을 들어야 한다는 생각 자체를 안 했다. 마지막으로 들은 소식은 기계들이 청와대를 습격해 대통령을 포함한 수백 명을 도륙했다는 것이었다. 많은 사람이 슈퍼마켓에서 가져온 맥주로 축배를 들었고 아직도 안양에 사는 사람들 사이에선 그에 관련된 온갖 농담들이 떠돌았다.

멀쩡한 정신을 가졌다면 안양에 새로 지어진 외계 로봇들의 미로 성 안에 머물러서는 안 되었다. 하지만 우주선을 타고 온 로봇들이 지구를 침공해 도시를 건설하는 대사건이 일어났는데, 멀쩡한 정신을 유지하는 게 무슨 의미가 있는가. 수많은 사람이 호기심, 모험심, 학구열에 끌려 안양으로 모여들었다. 그리고 그중 상당수는 전투 로봇, 그러니까 웨인에 의해 토막 난 채 기계의 일부가 되었다.

안양엔 다른 부류도 있었다. 도망자들. 찬미는 가족과 함께 피신하지 않고 혼자 안양에 남아 도망자가 됐다. 그리고 수개월이 지났다.

2009년 12월 11일. 그날은 찬미의 만 열일곱 살 생일이었다.

2

찬미는 피에 젖은 트레이닝복과 점퍼를 벗고 청바지와 티셔츠로 갈아입었다. 새로 고른 더플코트는 조금 컸지만 그래서 오히려 더 좋았다. 점퍼 주머니에 들어 있던 자잘한 물건들이 더플코트로 이사 와 주머니를 부풀렸다. 여벌 속옷을 백팩 안에 넣으며, 찬미는 곁눈질로 새로 친구가 된 아이를 훔쳐보았다. 일단 키가 컸다. 170센티미터는 당연히 넘었고 175센티미터가 넘을지도 모른다. 운동선수처럼 근육이 다부졌고 날렵해 보였다. 아이는 큼직한 갈색 손으로 하얀색 원통형 기계의 배터리를 갈고 있었다.

"그건 뭐야?"

찬미가 물었다.

"초음파발생기."

"어디다 쓰는데?"

"개 훈련시킬 때. 하지만 난 웨인을 쫓아내는 데에 써. 적어도 지난 한 달 동안은 먹혔어. 하지만 언제까지 쓸 수 있을지는 몰라. 저것들은 자꾸 변하니까. 이미 새로 태어난 큰 것들은 안 먹혀."

박광욱을 죽인 로봇이 저 아이가 들어오기 전에 움찔하면서 달아났던 것이 기억났다. 아니, 그게 달아난 것인지도 확신할 수 없었다. 로봇은 그 초음파 신호를 전혀 다른 의미로 해석했을 수 있으니까. "안녕, 이제부터 여기는 내가 맡을게." 같은. 찬미는 「피너츠」의 루시가 그려진 런치박스로 만든 로봇의 네모난 얼굴을 지금도 기억했다. 쌍안경에서 뜯어내 대충 붙인 것 같은 두 눈과 아기용 밥그릇으로 만든 두 귀가 삐걱거리며 움직였다. 폐품 활용 전시회에서 튀어나온 것 같은 모습이었다.

그 폐품들이 안양시 전체와 광명시 3분의 1을 잡아먹었다.

"내 이름은 윤찬미야."

찬미가 말했다.

"알아."

"어떻게?"

"목사님 딸이잖아. 이모가 반석교회에 다녔어. 내 이름은 한민정이야."

"학교에서 널 본 거 같아."

"눈에 안 뜨이기가 어렵지, 나 같은 애는."

찬미와 민정은 옷가게에서 나왔다. 가게들은 대부분 약탈당했지만, 이곳에 남은 사람들이 쓸 물건들은 충분히 남아 있었다. 그 소문 때문에 일부러 안양에 들어온 사람들도 있었다. 대부분 오래 살아남지 못했다. 여기서 버티려면 기계들의 흐름을 읽어야 했다. 그 흐름이 무엇이냐고 묻는다면 정확한 대답을 하기 어려웠다. 서퍼가 파도와 바람을 읽듯 도시 전체의 기운을 읽을 수 있는 감이 필요했다.

둘은 말없이 길을 걸었다. 근처 군부대에서 온 것 같은 군용 트럭이 아이들의 옆을 지나쳤다. 운전석에는 아무도 타고 있지 않았고 차창에 더듬이 세 개가 달린 작은 외계 로봇이 박혀 있었다. 후미등이 켜졌다. 찬미는 그 차가 후미등으로 둘을 엿보고 있다고 느꼈다.

"왜 여기 남았니?"

민정이 물었다.

"너는 왜 남았는데?"

"그냥 여기 남는 게 좋을 거 같아서. 더 재미있을 거 같기도 했고. 어차피 나 같은 애 없어졌다고 해서 관심 가질 사람도 없고. 하지만 넌 목사님 딸이잖아. 왜 남은 거야?"

"사연이 길어."

"남는 게 시간이야."

찬미는 한숨을 내쉬었다.

"「이머진과 포샤」에 대해 알아?"

"뭔가 셰익스피어와 관련된 거야?"

"셰익스피어를 아니?"

"전집을 읽었어."

"「이머진과 포샤」는 드라마 제목이야. 스코틀랜드가 배경이고. 이머진은 런던에서 에든버러에 이사 온 잉글랜드 사람이고 포샤는 에든버러 토박이야. 둘은 포샤가 운영하는 골동품 가게에서 처음 만나. 그리고 사랑에 빠져. 그런데 그 골동품 가게는 귀신에 들렸고 포샤의 살해당한 전 여자친구의 유령이 거기서 살아. 그래서 범인 찾는 이야기도 들어가."

"재미있겠네."

"BBC 드라마라 짧아. 시즌이 두 개인데 다 합쳐서 겨우 열두 편. 우리나라에선 방영된 적 없어서 다운받아 봤어. 시즌 2는 내가 직접 자막도 만들었어."

"그게 여기 남은 거랑 무슨 상관이야?"

"「이머진과 포샤」 네이버 카페에 가입했어. 그런데 회원 중한 명이 우리 학교 애인 거야. 조예술이라고."

"아, 누군지 알아."

찬미가 잠시 머뭇거리더니 말했다.

"걔를 좋아했거든. 초등학교 때부터. 그래서 바보 같은 짓을 저질렀어. 학교에서 내 아이디를 밝히고 오래전부터 좋아했다고 말했어."

"내가 알기로 조예솔은…… 아니다. 계속해."

"걔가 말했어. 그런 건 「이머진과 포샤」에서만 아름답지, 나 같은 건 더럽다고. 그리고 카페에 나를 대놓고 비웃는 글을 올렸어. 카페 사람들도 다 비웃었어. 걔네 엄마가 우리 아빠 교회 권사여서 소문이 아빠 귀까지 들어갔어."

"그래서?"

"아빠가 뭐라고 말하기 전에 달아났어."

"가출했어?"

"그런 거 같아. 그런데 다른 사람들은 가출을 어떻게 해? 어디서 먹고 자는 거야? 난 그냥 편의점과 공원을 오가면서 잠도 못 자고 버텼어."

"친구 집에 가면 되잖아. 그렇게 친구가 없었니?"

"너보다는 많았을걸. 하지만 걔들은 다 나를 비웃었을 거야. 다들 예솔이 친구였고 교회 친구였으니까. 걔들에게 변명하고 싶지도 않았고 싸우고 싶지도 않았어."

"대충 사과하고 거짓말하고 얼버무리고 대학 들어갈 때까지 버티면 되잖아."

"그러고 싶지 않았어. 그날 이후로는 절대로 그러고 싶지 않았어. 이해가 안 돼?"

"그래서?"

"학교 안 가고 안양역 근처를 돌아다니고 있었는데 오후에 우주선이 하늘에서 내려왔어."

"아자니야."

"그것도 이름이 있어? 그냥 우주선이라고 부르면 안 돼?"

"궤도에서 스테이션 역할을 하는 우주선이랑 작은 벌레 같은 우주선이 또 있대. 디트리히와 드뇌브라고. 완전히 다른 종이래."

"벌레 같은 건 나도 봤어. 난 로봇에 붙어사는 기생충 같은 거라고 생각했어."

"그래서 그다음엔?"

"달아났어. 그러다 휴대전화를 잃어버렸고. 집으로 돌아가려고 했는데, 로봇들이 길을 막았어. 그리고 자동차들이 살아 움직이기 시작했어. 기어다니는 작은 로봇들이 감염시킨 거야. 자동차뿐만 아니라 근처 모든 기계가 하나씩 살아 움직였어. 인간에 저항하는 기계 노예 반란 같았어. 저녁이 되자 근처 공사장과 군부대에서 중장비들이 모여들었고 안양역 중심으로 자동차를 쌓아 성을 지었어. 난 그 안에 갇혔어. 나 말고 살아 있는 사람은 스무 명 정도였던 거 같아. 할아버지 한 명은 로봇에게 왼쪽 다리가 잘렸는데 내 눈앞에서 계속 피를 흘리다 죽었어. 다음 날이 되자 나를 포함해 살아남은 사람은 여섯 명으로 줄었어. 로봇들은 시체를 토막 내서 먹었어."

"뇌랑 신경을 일종의 전자 부품처럼 이용하는 거 같다더라. 저것들은 생명체와 기계를 구별하지 않는대. 우린 그냥 조금 더 복잡한 기계인 거지."

"나도 그렇게 생각했어. 저 웨인인지 쿠퍼인지 하는 로봇 중 일부는 사람 뇌를 달고 있을지도 몰라. 나랑 같이 안양역에 갇혔던 사람들이 지금은 저 탑을 쌓고 사람들을 죽이고 있는 걸까? 그렇다면 저것들은 사람이었던 때를 기억할까? 작동을 멈추었을 때는 꿈을 꿀까?"

"그래도 너는 살아남았네."

"지하상가에서 성 바깥으로 이어지는 통로를 찾았어. 하지만 나가 보니 성을 둘러싼 성이 또 있었어. 그 성을 벗어나는 출구를 찾으면 바깥에 성이 또 있었고. 로봇들이 안양을 바둑판 삼아 바둑을 두고 있는 거 같았어. 두 가지 생각이 들었어. 어떻게든 집으로 돌아가면 전에 무슨 일이 있었건 가족들이 나를 받아 줄 거라고. 동시에 다른 생각도 들었어. 내가 로봇들 사이에서 살아남을 수 있다면 굳이 돌아갈 필요가 없을지도 모른다고. 그전까지는 중요했던 대학, 취직 같은 건 이제 의미 없었어. 외계 로봇의 침략을 받았는데 그게 무슨 소용이야? 우리가 저 로봇들을 어떻게 이겨?"

"내가 지금까지 들은 것 중 가장 바보 같은 소리다. 무조건 집으로 돌아가야지. 그때는 그런 생각이 들었다고 쳐. 하지만 지금은 사정이 다르잖아. 나가는 게 어렵지도 않아. 그냥 저기 군인 아저씨들한테 데려다 달라고 해. 너 혹시 로봇에게 뇌가 감염됐니? 정말 그런 거야?"

"그럼 너는 왜 여기에 있는데?"

"내가 목사님 집 우등생 딸이니?"

민정은 한숨을 내쉬고 말을 이었다.

"네가 한 짓은 처음부터 끝까지 엉망이야. 일단 넌 그 카페 사람들을 믿어선 안 됐어. 사람들이 얼마나 끔찍해질 수 있는지 정말 몰랐던 거야? 게다가 넌 조예솔을 초등학교 때부터 알았다며. 걔가 어떤 애인지 몰랐을 수가 없잖아."

"조예솔의 다른 면을 봤다고 생각했어. 혹시나 했다고."

"미치겠네. 백인들 나오는 드라마 보고 예쁜 소리 좀 했다고 현실 세계에서도 참아 줄 만한 사람일 거라고 믿으면 어떡해? 걔들에게 너 같은 애들은 망상 속에서 가지고 노는 장난감일 때나 봐줄 만해."

"이머진은 백인이 아니야. 엄마가 에티오피아 사람이야."

"아, 그래? 그런 것도 신경 써 주고 고맙기도 해라."

찬미는 눈을 가늘게 뜨고 민정을 바라보았다.

"너는 이머진이랑 좀 닮은 거 같아. 넌 다른 이름이 있니?"

"응."

"뭔데?"

"아마라 이스마엘."

"넌 민정보다는 아마라 같아."

3

안양에서 오래 살아남은 사람들은 대부분 비슷한 패턴으로 움직였다. 꾸준히 거주지를 옮겼다. 주변을 깨끗하게 관리했고 될 수 있는 한 조용히 지냈다. 로봇과 마주치면 정중하게 구석으로 물러나 경의를 표했다. 이곳에서 버티려면 로봇들을 두려워하고 존중해야 했다.

이 모든 규칙을 지켜도 로봇에게 토막 나 부품이 되는 사람이 없지는 않았다. 하지만 로봇들은 외부에서 들어온 시끄러운 침입자들을 부품으로 더 선호하는 편이었다. 그들은 십 대 중반에서 삼십 대 초반 정도의 남자들로, 일부는 직접 만든 무기로 무장하고 있었다. 절반 이상은 약탈과 같은 현실적인 목적 때문에 왔지만, 일부는 그냥 로봇들에게 대들고 싶어서 온 것 같았다. 찬미는 이해할 수 없었다. 지구인들은 외계 로봇의 적수가 되지 못했다. 그건 안양에 거주하는 군인들도 알고 있는 사실이었다.

군인들의 기지는 안양역 앞 현대코아에 있었다. 외환 위기 때부터 10년 넘게 방치된 짓다 만 폐건물이었다. 원칙대로라면 그들은 안양시의 모든 민간인을 쫓아내야 했다. 하지만 그럴 여유가 없었다. 외계 로봇들을 관찰하고 연구하는 전문가들을 보호하는 일만으로도 바빴다. 쓸데없이 소란을 피운다면 불필요하게 로봇들의 관심을 끌지도 모른다.

찬미의 생활 패턴은 정해져 있었다. 한 아파트에서 일주일 동안만 머물렀고 새 아파트로 집을 옮기면 늘 그 집을 정리하고 청소했다. 찬미는 민정과 같이 다니면서도 이 패턴을 바꾸지 않았다. 민정은 겨우 일주일 머물 곳을 그렇게 꼼꼼하게 정리하는 게 이해되지 않았지만 말없이 청소를 거들었다. 백팩에서 꺼낸 신약성서를 깨끗하게 닦은 책상 위에 올려놓았을 때는 신음 소리가 새어 나오는 걸 막을 수 없었지만 찬미는 그런 민정을 무시했다.

처음부터 찬미와 같이 지낼 생각은 없었다. 그냥 '얼마 전부터 이상한 남자와 같이 다니는 것 같은 목사님 딸'이 무사한지만 확인하고 원래의 일상으로 돌아갈 생각이었다. 그 애가 지금까지 안양에서 잘 버텼다면 앞으로도 그럴 수 있을 것이다. 굳이 잘 모르는 애의 인생에 끼어들 이유는 없었다.

무엇보다 민정은 같은 학교를 다녔던 아이들과 얽히고 싶지 않았다. 찬미는 민정이 경멸하고 혐오하고 아마도 조금은 부러워했던 정상성을 대표하는 존재였다. 무난하게 예쁘고 적당히 인기 있고 그럭저럭 우등생이기까지 한 목사님 딸. 민정은 방패처럼 갖고 다니던 펭귄 문고판 디킨스 소설들을 읽으면서 종종 책 너머로 비슷비슷한 친구들을 후광처럼 달고 다니던 찬미를 훔쳐보았다. 저런 평범한 삶이, 남편과 함께 동반자살한 광신도 엄마를 둔 외톨이 혼혈 고아가 아닌 삶이 어떤 건지 궁금해하며.

찬미의 고백이 모든 걸 바꾸어 놓았다. 민정은 그 애가 심각한 얼굴로 조예솔과 BBC 드라마에 대해 종알거리는 동안 터져 나오는 웃음을 참느라 장이 꼬일 지경이었다. 밖에선 난공불락의 성처럼 보였던 그 애의 정상성이라는 게 그렇게 헐겁고 연약했다니 어처구니없었다. 이 이야기를 그냥 버리고 갈 수는 없었다. 같이 지내면서 정상이라고 여겼던 그 애의 면모가 어떻게 형성되었으며 어떻게 변하는지 알고 싶었고 가능하다면 그 일부가 되고 싶었다.

찬미는 충분히 거절할 수 있었지만 조용히 민정을 받아들였다. 이유는 묻지 않았다. 그런 일을 겪었으니 겁이 났을 수도 있겠지. 아니면 정말로 내가 이머진 역 배우와 닮았고 자기는 포샤쯤 된다고 생각하는 걸까? 찬미에겐 이 모든 게 BBC 드라마 역할극인 걸까?

새 아파트에서 보낸 이틀 동안, 민정은 찬미의 노트북으로 「이머진과 포샤」 두 시즌을 연달아 보았다. 생각보다 재미있었다. 다리 달린 코브라처럼 생긴 괴물의 CG는 좀 엉망이었지만 연출이 좋고 짧게 지나가서 그런대로 봐줄 만했다. 민정이 자막 오역을 몇 개 지적하자 찬미는 곧장 수정했다.

2009년 12월 13일이 지나가는 동안 민정이 안양에서 무슨 일이 일어나고 있는지 눈치채지 못한 것도 그 때문이었다. 민정의 패턴은 헤드폰을 쓰고 이머진과 포샤가 서점 지하실에서 튀어나온 파란 요정들을 추적하는 걸 구경하는 동안 살짝 깨져 있었다.

민정이 평소의 루틴을 따랐다면 13일 오전 1시가 되기 직전에 현대코아 건물과 안양역에서 일어난 소란을 감지했을 것이다. 그리고 그 소란이 30분 만에 갑자기 중단되었고, 5분 뒤 서쪽으로 2킬로미터 떨어진 박달도서관에서 폭발 소리와 총소리가 들렸다는 것도 알아차렸을 것이다. 1시간 뒤 광명시 군부대에서 날아온 군사용 드론 두 대가 격추되는 것도, 10분 뒤 안양으로 진입을 시도하던 장갑차 두 대와 그 안에 있던 군인들이 폭파되고 해체되는 것도 직접 보았을지 모른다.

그리고 그 전날 오후 7시 17분, 안양역에 착륙한 우주선 한 대와 그 안에 있던 무언가가 이 모든 사건의 시작이었다는 것도.

4

군인들이 동료들의 시체를 바디백에 넣고, 밤에 로봇이 막아 버린 길을 대체할 출구를 찾고, 아직 EMP에 망가지지 않은 드론으로 박달도서관 근처에서 사라진 '그것'을 추적하는 동안, 찬미와 민정은 70년대 단독주택을 개조한 한식 전문점 마당의 장독대에서 묵은지를 꺼내 담고 있었다.

마트에서 가져온 참치 통조림과 콘플레이크로 세끼를 먹

어도 아무 상관이 없었던 민정과는 달리 찬미는 하루라도 잘 못 먹는다면 비타민 결핍으로 죽어 버릴지 모른다는 공포에 시달렸다. 그 결과 안양시 미로 곳곳에 식재료를 보관하고 생산해 내는 방대한 네트워크가 만들어졌다. 창고들은 종종 약탈당했지만, 찬미는 부지런한 개미처럼 새 창고와 텃밭을 만들고 도시에서 찾을 수 있는 얼마 안 되는 제철 과일을 수집했다.

그 덕택에 찬미는 수돗물과 전기가 끊기지 않은 지역에 대한 지식이 민정보다 훨씬 많았다. 그런 대신 민정은 찬미의 실용주의적인 집착이 닿지 않는 것들에 대해 알았다. 오래전부터 로봇들은 필요한 전기를 자체 생산해 내고 있고 지금 나오는 수돗물도 로봇들이 재활용한 증류수라는 것을. 찬미는 그 이야기를 듣자 "그래서 수돗물로 지은 밥은 맛이 별로였구나."라고 말했고, 그건 민정이 단 한 번도 생각해 본 적 없는 대답이었다.

묵직한 반찬통이 잔뜩 든 백팩을 짊어지고 나오던 민정은 놀이터 가로수에 등을 기대고 선 남자아이와 눈이 마주쳤다. 민정은 패딩점퍼 주머니 안으로 오른손을 밀어 넣어 가스총을 만지작거렸다. 원래부터 남자애들은 믿을 수 없었다. 기어코 담을 넘어 안양으로 기어들어 오는 녀석들은 더욱 그랬다.

남자애는 민정보다 서너 살쯤 어려 보였고 키는 찬미보다 조금 큰 정도였다. 뼈대가 굵고 통통한 체형에 동그란 머리는 벌써부터 숨이 없었다. 그리고 막 다시 터진 것 같은 허벅지 상처에서 흘러나온 피로 바지가 검게 젖어 가고 있었다.

남자애는 들고 있던 멍키스패너를 떨어뜨리고 두 팔을 힘없이 들어 올렸다.

"도와줘."

찬미와 민정은 시선을 교환했다. 민정은 주머니에서 가스총을, 찬미는 백팩에서 붕대를 꺼냈다.

"바지를 벗어."

남자애는 잠시 망설이다가 찬미의 명령에 복종했다. 허벅지에 3센티미터 정도의 깊은 상처가 나 있었다. 찬미는 능숙하게 상처를 물티슈와 알코올 스왑으로 닦아 내고 그 위에 순간접착제를 바른 뒤 반창고로 덮고 붕대로 묶었다. 온갖 물건들이 쏟아져 나오는 찬미의 백팩은 화수분 같았다. 붕대는 그렇다고 쳐. 도대체 순간접착제는 어디에 필요할 거라 생각하고 가지고 다니는 거야?

찬미와 민정은 남자애를 데리고 다시 식당으로 들어갔다. 남자애는 가정집으로 쓰이던 2층 옷장에서 예비군 군복 바지를 찾아 입고 밑단을 접어 올렸다. 그 애는 찬미가 백팩에서 꺼내 내민 솔의눈을 잠시 망설이며 바라보다 캔 뚜껑을 따고 연녹색 액체를 천천히 들이켰다.

"고마워."

남자애가 말했다. 어색하게 일그러진 표정을 보아하니 여자애들에게 이런 말을 하는 상황이 익숙지 않은 게 분명했다.

"알았으니 여기서 조금 더 쉬고 기운이 생기면 집으로 돌아가."

찬미가 말하자 남자애는 고개를 저었다.

"못 가. 길이 막혔어."

민정은 코웃음을 쳤다.

"사다리라도 빌려줄까?"

"어젯밤에 무슨 일이 일어났는지 모르는 거야? 지금은 아무도 못 나가! 군인들도 못 나간다고!"

남자애는 강둑이 터진 것처럼 욕을 쏟아 내기 시작했다. 그 어휘의 일부는 곱게 자란 목사 딸인 찬미와 학교에서 따돌림 당해 19세기 영국 소설에 빠져 지낸 민정 모두에게 낯설기 짝이 없었지만 둘 다 굳이 뜻을 알고 싶다는 생각이 들지 않았다. 어차피 의미 있는 정보는 그 욕설의 폭포 뒤에 튀어나온 마지막 문장이 전부였다.

"'그것'이 아빠를 죽였어."

안양에 들어온 남자애 입에서 '아빠'라는 말이 이런 식으로 쓰일 거라고는 상상도 못 했다. 도대체 어떤 어른이 자기 아들을 이런 곳으로 데려온단 말이야?

남자애는 주머니에서 AA 건전지 굵기에 15센티미터 길이의 알루미늄 파이프를 꺼냈다. 파이프 옆에는 '메이드 인 베트남'이라는 검은 글자가 비뚤어진 각도로 인쇄되어 있었다.

"전투 로봇들이 허물을 벗고 있는 건 알아? 한 달 정도 됐는데?"

"알아. 개량된 새 부품으로 교체하고 옛날 건 떨어내는 거지."

"맞아. 복잡한 기계는 다른 곳에 재활용하지만 이런 건 그냥 버리거든? 그런데 이게 뭐냐면……."

아이는 파이프의 한쪽 끝에 베어링 볼을 두 개 넣고 창문을 겨냥했다. 휙휙 소리와 함께 창문에 작은 구멍 두 개가 뚫렸다.

"총이구나."

민정이 말했다.

"베어링 볼이 열세 개 들어가. 한번 충전하면 200발 넘게 쏠 수 있어. 어떤 원리인지 몰라도 반동조차 없어. 이런 걸 얼마에 팔 수 있는지 알아?"

"그래서 이걸 주워 한몫 챙겨 보겠다고 네 아빠는 너를 여기로 데려온 거야?"

"응. 나랑 형."

"형은 어디에 있는데?"

"모르겠어, 모르겠어, 모르겠다고! '그것'이 죽였을지도 몰라! 난 그냥 혼자 달아났어!"

"도대체 네가 자꾸 말하는 '그것'이 뭔데?"

"정확히는 몰라. 하지만 로봇은 아니야."

"그걸 어떻게 확신하는데? 외계 로봇들은 온갖 모양이 다 있잖아!"

"모양은 달라도 비슷한 구석이 있잖아. 그건 완전히 달랐어. 그건, 그건, 그러니까……."

남자애는 울먹이며 간신히 말을 이었다.

"그건 외계인이야."

5

남자애 말이 맞았다. 라 루즈 호텔 옥상에서 내려다본 안양의 미로 성은 며칠 전과 전혀 다르게 움직이고 있었다. 현대코아 건물은 모든 층에 불이 들어와 있었고, 반대로 군인들과 과학자들이 거주하는 아파트는 전부 불이 꺼져 있었다. 전투 로봇들은 헤드라이트를 켜고 보통 때의 두 배 속도로 질주했다. 지금까지 안양시와 외부 세계를 연결했던 두 길은 모두 새로 쌓은 성벽으로 막혀 버렸다. 무언가 안 좋은 일이 일어났고 외계 로봇 집단과 인간 집단 모두가 여기에 반응하고 있었다.

오직 안양역 비행장에 한가하게 앉아 있는 우주선만이 평화로워 보였다.

민정이 쌍안경으로 안양시를 관찰하는 동안, 조금 진정한 남자애는 선베드에 앉아 찬미가 만든 김밥을 먹고 있었다. 찬미와 민정은 남자애에 대해 조금 더 알게 되었다. 이름은 남천규였고 한 살 위인 형의 이름은 남성규였다. 예상대로 형제의 아빠는 질이 안 좋은 사람이었다. 수상쩍은 일을 했고 종종 감옥에 갔다. 형제는 학교에 안 간 지 오래됐다. 형제의 엄마는 천규가 어렸을 때 가출해서 얼굴도 잘 기억나지 않았다.

우리가 신경 쓸 일이 아니야. 민정은 생각했다. 그냥 최대한 눈에 뜨이지 않게 아파트로 돌아가 바깥 상황이 진정될 때까지 조용히 있으면 돼. 킨들에 깔아 놓은『미들마치』를 막 읽기 시작했기 때문에 며칠 동안 방구석에 박혀 숨죽이고 있는 건 생각만큼 어렵지 않았다.

하지만 지금 일어나고 있는 일은 무언가 다르다면? 지난 몇 개월 동안 민정이 안양시에서 간신히 쌓은 일상을 영원히 깨뜨릴 무언가라면?

천규는 '그것'이 로봇이 아닌 외계인이라고 했다. 끝끝내 형체를 정확히 설명하지는 못했지만 왜 그런 말을 하는지 알 것 같았다. 외계 로봇들은 생김새가 다 제각각이지만 레고로 만든 장난감들이 공유하는 것과 같은 가족 유사성이 있다. 저 애가 외계인이라고 하는 건 정말 그렇게 느껴지는 무언가였기 때문일 것이다. 단순한 금속 기계가 아니라 SF 영화 속 외계인을 연상시키는 무언가.

하지만 '그것'의 행동은 초광속 우주선을 타고 다니는 지적 존재치고는 괴상하지 않은가? 왜 뜬금없이 우주선을 타고 나타나 토착 동물들을 학살하다 갑자기 숨어 버린 거지? 외계 우주선이 안양에 처음 착륙하고 반년이 넘는 시간이 흘렀다. 만약 그때가 '그것'의 첫 방문이었다고 해도 반년은 지구에 대한 정보를 얻을 수 있는 충분한 시간이다. 이렇게 서툰 짐승처럼 행동할 이유가 없는 것이다.

다른 가능성도 있다. '그것'은 밀항자일 수도 있지 않을까? 로봇들이야말로 우주선의 진짜 주인이고 '그것'은 그냥 우주선에 몰래 숨어 여행하는 존재라면? 로봇 종족과 '그것'의 종족이 전쟁 중이고 '그것'이 로봇들에 맞서는 임무를 수행하는 중이라면? 그렇다면 지금의 상황이 더 그럴싸하게 설명되지 않을까? 만약 이게 사실이라면 앞으로 어떻게 될까. 더 많은 '그것들'이 올까? '그것들'은 그들만의 우주선도 갖고 있을까? 우린 「스타워즈」 시리즈에 나오는 이웍 종족처럼 아무 준비 없이 우주 전쟁에 휩쓸릴 운명인 걸까?

민정은 찬미를 훔쳐보았다. 찬미는 백팩에서 꺼낸 노트를 펼쳐 볼펜으로 뭔가를 그리고 있었다. 날카롭고 가는 직선들이 종이 위에서 다양한 각도로 겹쳐지고 꺾여졌다. 천규의 목격담을 바탕으로 '그것'의 모양을 재구성하려는 시도였다. 한 가지는 분명했다. '그것'의 몸은 기괴할 정도로 가늘고 컸다. 그리고 강했다. 천규는 '그것'이 어른 남자 크기의 외계 로봇을 한 손으로 집어 던지는 걸 보았다고 했다.

찬미가 백팩 안에 노트를 집어넣고 일어나자 다른 두 명도 뒤를 따랐다. 그들은 낙서로 뒤덮인 비상계단을 타고 천천히 아래로 내려갔다. 추잡한 낙서에 대항하듯 형광 토끼 그림이 벽에 그려져 있었다. 민정은 랜턴 빛에 반짝이는 토끼 그림을 서른 개까지 세다가 포기했다. 저 형광 토끼들을 그린 화가는 지금 살아 있을까. 아닐 것 같았다.

호텔 문을 열고 나오는 순간 갑자기 날카로운 빛이 민정의 얼굴을 쏘았다. 왼쪽으로 두 발짝 걸음을 옮겼다. 기역 자로 꺾인 군용 랜턴을 까딱거리고 있는 최정호의 얼굴이 눈에 들어왔다. 민정은 안양 미로 성에 사는 사람들을 서른 명 정도 알고 있었다. 그중 열두 명은 금호아파트 노인정에 모여 사는 할머니들로, 이 끔찍한 상황 속에서도 신기할 정도로 재미있게 잘 살고 있었다. 로봇들은 이들을 건드리지 않았다. 이들의 몸은 부품으로 쓰기엔 너무 낡았고, 위협적인 행동을 하지 않아 안전해 보였기 때문인 듯했다. 심지어 로봇들이 그들을 보호하고 있는 것처럼 보일 때도 있었다. 민정은 외부에서 온 남자애 셋이 할머니들 앞에서 깐죽거리다가 로봇들에게 끌려가 조용히 썰려 나가는 걸 본 적 있었다. 그냥 그 애들이 시끄럽고 맛있어 보여서 그랬을지도 모른다. 하지만 민정의 눈엔 보호처럼 보였다. 찬미를 만나기 전까지, 노인정 할머니들을 제외한 나머지는 모두 남자들이었다. 대부분 중장년이었다. 절반은 안양역 부근에서 살던 노숙자들이었다. 모두 조용하고 말이 없었다. 그렇게 해야만 살아남아 이 버려진 도시가 제공하는 사치를 누릴 수 있다는 걸 알 만큼 똑똑했기 때문에. 덜 똑똑한 한 명은 어리석게도 한밤중에 민정이 머물던 바로 이 호텔 13층 방에 기어들어 왔다. 하지만 곧 호신용 전기충격기에 얼굴이 지져지고 왼팔에 칼을 맞은 채 비명을 지르며 방에서 쫓겨나 호텔 앞 화단에서 맥주를 마시고 있던 친구들 눈앞에서 로봇들에게 잡혀 토막 났다. 친구들 절반은 10분도 지나기 전에 로봇들에게 같은 꼴을 당했고 나머지는 크고 작은 신체 일부를 남기고 허겁지겁 안양을 떠났다.

최정호는 예외적인 존재였다. 약탈을 목적으로 외부에서 기어들어 온 수많은 남자애 중 하나였는데 신기할 정도로 오래 살아남았고 결국 안양에 정착했다. 새로운 무리가 안양에 들어올 때마다 안내인을 자처하며 그들을 선동할 만한 잘못된 정보를 알려 주고 사지로 몰아넣었다. 그러고는 로봇들이 이에 학살로 응하는 동안 잽싸게 자리를 피했다. 최정호가 얻는 건 별로 없었다. 그냥 그런 구경이 재미있었던 게 아니라면.

이번에도 최정호는 낯선 남자애들 여섯을 거느리고 있었다. 다들 조금씩 겁에 질린 표정이었다. 최정호는 보통 신참들이 이런 표정을 짓기 직전에 그들을 버렸다. 녀석의 루틴도 무언가에 의해 깨졌다는 뜻이었다.

"안녕, 최정호."

민정이 말했다.

"안녕, 한민정. 우리 이야기 좀 할까?"

최정호가 말했다.

"우리가 그럴 만큼 가까운 사이는 아니지 않니?"

"그렇긴 한데, 지금 상황이 안 좋다는 건 너도 알잖아. 힘을 합쳐야지."

"무슨 일인데?"

"안양에 외계인이 있어. 진짜 외계인. 깡통 로봇들 말고."

"그런 소문이 있긴 하더라."

"소문이 아니라 진짜야. 어제 직접 봤어. 지금 어디에 있는지도 알아."

"어디?"

"그렇게 멀지 않은 곳."

"잘됐네. 군인 아저씨들에게 알려."

"도대체 왜? 우리한테 뭐가 떨어진다고?"

"이 상황에서 뭔가를 꼭 챙기고 싶니?"

수사적 질문이었지만, 최정호 뒤의 남자애들이 일제히 고개를 끄덕였다.

"그 외계인, 힘이 좀 세긴 하더라."

최정호가 말을 이었다.

"하지만 어제는 준비가 안 되어서 그렇게 느꼈던 거고 지금은 다르지. 군인들이 알아차리기 전에 우리가 먼저 습격할 거야. 산 채로 잡기는 어렵겠지만 상관없어. 시체도 값이 꽤 나갈 테니까."

"너는 지금 우주 전쟁을 시작하려는 거야."

"전쟁은 이미 반년 전에 시작된 게 아니었나?"

"그렇군. 행운을 빌어."

민정은 찬미의 손을 잡고 빠져나가려 했지만 남자애 셋이 길을 막았다.

"뭐?"

민정은 짜증을 최대한 억누르며 말했다.

"무기가 필요해. 쟤가 잔뜩 갖고 있어."

최정호가 천규를 가리켰다.

"그렇구나. 천규가 알아서 챙겨 줄 거야. 그럼 우린 이만……."

말을 끝내기도 전에 남자애들이 찬미와 민정을 덮쳤다. 배와 정강이를 걷어차고 두 팔을 뒤로 묶었다. 찬미가 비명을 지르는 동안 최정호는 덤덤하게 말했다.

"사냥을 하려면 미끼도 필요하거든."

6

한 시간의 행군 끝에 그들은 신시가지에 도착했다. 미로가 헐거워지고 갑자기 대로가 열렸다. 조금 더 걸으니 시청 건물이 나왔다. 시청 앞에 세워진 UFO 모양의 조형물이 가로등 빛을 받아 희미하게 반짝였다. 찬미는 늘 궁금했다. 왜 로봇들이 저 금속 덩어리를 재활용하지 않는지. 보기만큼 쓸모가 없나? 아니면 일종의 동질감을 느끼는 걸까?

찬미는 결박된 손목을 살짝 움직이며 끈의 재질을 가늠했다. 평범한 포장용 노끈이었다. 미끄럽고 헐거웠다. 각도만 제대로 나온다면 결박되기 전 백팩에서 꺼내 소매에 감추었던 등산용 칼로 충분히 끊을 수 있을 것 같았다.

군인들이 우리를 도와주러 올 수도 있지 않을까? 신시가지에 들어서기 직전에, 찬미는 군용 드론 하나가 하늘을 가로지르는 걸 보았다. 우릴 봤을지도 몰라. 지금 우리를 구하러 오고 있을지도 몰라. 아니, 저들에게 우리는 우선순위가 한참 바닥일 거야. 지금과 같은 상황이라면 더욱더. 하지만 또 모르지. 군인들이 쫓고 있는 게 그 외계인이고 그들도 위치를 확인했다면?

찬미는 민정의 옆얼굴을 훔쳐보았다. 겁에 질려 있었고 무엇보다 찬미 앞에서 무력한 꼴을 보인 걸 창피해하는 것 같았다. 가끔 시선이 마주쳤지만 대화할 틈이 없었다. 일행은 걸음을 멈추었다. 아무 개성도 찾을 수 없는 흔한 회색 아파트 건물 앞이었다. 남자애들 일곱 명이 앞을 지키고 있었다. 그들 뒤로는 지하주차장이 죽은 짐승처럼 입을 벌리고 있었다.

"들어가."

최정호가 외계 파이프 총으로 찬미의 등을 쿡 찌르며 말했다. 찬미는 고개를 돌려 천규의 얼굴을 힐끗 보았다. 그림자에 가려 표정을 읽기 어려웠다. 파이프를 꼭 쥐고 있는 두 손의 불안한 떨림만이 간신히 보였다. 얼마 전까지만 해도 쟤가 우리 편이라고 생각했는데. 지금도 그럴까.

최정호는 모욕적인 욕지거리를 쏟아부으며 찬미의 다리를 걷어찼다. 찬미는 민정을 따라 주차장 안으로 들어갔다. 등 뒤에서 조명등 두 개가 켜졌고 주차장 내부가 희미하게 밝아졌다. 이미 오래전에 로봇들이 자동차를 모두 가져갔는지 공간은 텅 비어 있었다. 그 대신 남자애 시체 두 구가 바닥에 엎어져 있었다. 시체 한 구의 등에서 흘러나온 검은 피가 운동화 바닥에 달라붙어 끈적거렸다.

"거기 서."

최정호가 말했다.

찬미는 신중히 주변을 둘러보았다. 처음에는 겹겹이 쌓인 종이 상자와 시멘트 블록 더미밖에 안 보였다. 하지만 시간이 흐르자 서서히 다른 존재가 느껴졌다. 시큼하고 낯선 체취를 풍기는 무언가.

최정호는 천천히 숫자를 셌다. 하나, 둘, 셋, 넷. 숫자가 늘어날수록 두려움과 불안에 떨며 찢어지는 다른 아이들의 목소리가 하나둘씩 추가되어 합창이 됐다. 스물셋, 스물넷, 스물다섯……

그리고 '그것'이 화답하듯 시멘트 블록 더미 뒤에서 기어 나왔다.

3년 뒤 글래스고에서 재발견되었을 때 '그것'의 종족은 자코메티라는 이름으로 불렸다. 외계 로봇과 우주선에 붙은 예술가 이름에 동의하지 않는 사람들도 있었지만, 자코메티라는 이름에 대해서는 모두 수긍할 수밖에 없었다. 알베르토 자코메티의 조각상들은 '그것'의 모습을 예언한 것 같았다. 인간의 몸을 길게 잡아 늘인 것 같은 가늘고 긴 몸. 흑청색으로 반짝반짝 빛나는 울퉁불퉁한 피부. 민정은 그것의 눈 코 입을 구별하려 했지만 실패했다. 단지 좁은 어깨 위에 솟은 작은 머리의 각도로 시선을 간신히 짐작할 수 있을 뿐이었다.

"내가 사망의 음침한 골짜기로 다닐지라도 해를 두려워하지 않을 것은 주께서 나와 함께하심이라. 내가 사망의 음침한 골짜기로 다닐지라도 해를 두려워하지 않을 것은 주께서 나와 함께하심이라."

찬미는 기계적으로 시편 구절을 암송하며 민정의 손에 등산용 칼을 넘겨주었고 민정이 칼 손잡이를 잡자 조심스럽게 칼날을 끄집어냈다. 잠시 뒤 맥 빠질 정도로 쉽게 노끈이 끊겼다. 찬미는 자유로워진 손으로 민정의 손목을 묶고 있는 노끈도 잘랐고 백팩에서 전기충격기 두 개를 꺼내 하나를 민정에게 건넸다.

아직 이름이 붙지 않은 '그것'이 천천히 다가왔다. 이목구비가 보이지 않는 작은 머리를 가볍게 까딱거리며. 그리고 '그것'의 양쪽 손에 세 개씩 난 손가락 끝에서 금속성의 손톱이 자라나기 시작했다. 천규의 가족을 죽이고 천규의 허벅지에 상처를 내고 지금 주차장 바닥에 뒹굴고 있는 두 아이의 숨통을 끊은 바로 그 손톱이었다.

가볍게 윙윙거리는 소리가 들렸다. '그것'의 등 뒤에 작은 외계 벌레 한 마리가 떠 있었다. 지금까지 찬미는 벌레의 존재에 대해 그리 깊이 생각한 적이 없었다. 무시무시한 외계 로봇과는 달리 「쉘부르의 우산」 주연 배우의 이름이 붙은 저 벌레는 까르띠에나 티파니의 보석 장신구처럼 아름답고 무해하고 안전했으며 단지 그뿐이었다. 하지만 지금은 완전히 달랐다. 벌레는 이 모든 것을 관찰하고 있었고 그것은 이 지하 공간에서 벌어지는 일 중 가장 중요한 것이었다.

일흔하나! 일흔둘! 일흔셋!

남자애들의 웃음 섞인 목소리가 점점 커졌다. 몇몇은 '그것'을 향해 파이프 총을 겨누고 있었지만 어느 누구도 공격할 준비가 되어 있지 않은 것처럼 보였다. 백이 될 때까지 기다리는 걸까? 아니면 그저 우리가 죽는 걸 보고 싶은 걸까? 찬미는 눈을 크게 뜨고 '그것'의 검은 얼굴을 응시했다. 어딘가에 있을 수도 있는 눈을 찾으며.

숫자는 여든하나에서 멈췄다. 뒤늦게 무언가를 알아챈 천규가 찢어지는 비명을 지르며 주차장 안쪽으로 뛰어든 것이다.

"형! 형! 형!"

바닥에 뒹구는 두 시체 중 어느 쪽이 성규인지 확인할 여유

따위는 없었다. '그것'의 주의가 흐트러진 순간 찬미와 민정은 약속이나 한 듯 '그것'을 지나쳐 계단을 향해 뛰었다. 문은 쇠사슬과 자물쇠로 잠겨 있었다. 둘은 아까까지만 해도 '그것'이 숨어 있던 시멘트 블록 더미 뒤로 몸을 던졌다.

곧 파이프 총이 쏘아 대는 베어링 볼이 주차장 사방에 튀었다. 총소리가 나고 사방이 번쩍였다. 찬미는 최정호의 자신감이 어디에서 왔는지 알 수 있었다. 어제 벌어진 소동 속에서 녀석은 진짜 총을 한 자루 이상 구할 수 있었던 것이다.

주변이 조용해졌다. 찬미와 민정은 시멘트 블록 위로 얼굴을 내밀었다. '그것'은 바닥에 쓰러져 꿈틀거리면서 웅웅 소리를 내고 있었다. 짐승의 울음보다는 첼로나 콘트라베이스와 같은 저음 현악기가 내는 소리에 가까웠다. 어깨와 팔, 다리에서 끈적거리는 액체가 흘러나왔고 손톱 하나가 동강 났다. 옆에는 천규의 시체가 천장을 바라보며 누워 있었다. 찬미와 민정이 있는 곳에서는 누가 그 애를 죽였는지 알 수 없었다.

최정호는 남자애들을 이끌고 천천히 주차장으로 내려왔다. 그것은 웅웅 소리를 짧게 질러 대며 팔을 휘둘렀다. 남자애들은 낄낄거리면서 파이프로 '그것'을 두들겨 팼다. '그것'은 손톱을 접고 몸을 웅크리더니 커다란 손으로 머리와 몸을 감쌌다.

"정말 별게 아니잖아! 아무것도 아닌 짐승 새끼가!"

최정호가 말했다.

짐승 새끼. 아이들은 깨달았다. '그것'은 지적 존재가 아니었다. 어쩌다 보니 인간과 비슷한 몸을 가져 직립보행을 하게 된 짐승이었다. 범선을 타고 전 세계로 퍼져 나갔던 쥐들처럼 이 짐승은 우주선을 타고 별들 사이를 오가며 번식하고 있었던 것이다. 그리고 이들은 앞으로 같은 우주선을 얻어 타고 우주로 진출할 지구인들과 끊임없이 얽히면서 수 세기 동안 수많은 오해와 공포를 자아낼 운명이었다.

찬미가 일어섰다. 그리고 민정이 막아서기도 전에 떨리는 목소리로 말했다.

"그만둬."

"뭘?"

최정호가 물었다.

"그만 패라고! 충분하잖아!"

남자애들은 어리둥절해 보였다. 좀 전까지 자기네들을 죽이려 했던 징그러운 외계 짐승에게 연민을 느낀다는 것은 그들의 사고 체계로는 도저히 이해가 안 되는 일이었다. 이해한다고 해도 겨우 그것 때문에 한참 물이 오른 폭행을 멈출 수는 없었다. 잠시 조용했던 애들은 찢어지는 목소리로 웃어 대면서 다시 파이프를 치켜들었다.

웃음소리가 비명으로 바뀌었다. 아이들의 주의가 잠시 흐트러진 틈을 타 '그것'이 가장 가까운 곳에 있던 아이의 가슴과 목을 손톱으로 그었던 것이다. 아이는 피를 분수처럼 쏟으며 휘청거리다 쓰러졌다. 최정호는 들고 있던 총의 총구를 '그것'의 머리에 대고 두 발을 쏘았다. 웅웅 소리가 뚝 끊겼고 그것은 조용히 바닥에 쓰러졌다.

"그만했다. 됐냐?"

최정호가 말했다.

찬미는 '그것'에게 달려갔다. 옆에서 뒹굴고 있는 새로운 시체는 눈에 들어오지도 않았다. 휴대전화 플래시를 켜고 갑자기 허망하게 죽어 버린 짐승의 몸을 살폈다. 찬미는 잠시 솟아오른 연민을 정당화해 줄 인간적인 무언가를, 막대기를 얼기설기 쌓아 놓은 것 같은 낯선 몸에서 찾아내고 싶었다.

그 대신 찬미는 다른 걸 깨달았다.

방금 전까지 사람들은 '그것'을 지적 존재로 착각했다. 인간과 비슷한 몸을 가졌고 직립보행을 했기 때문에. 그게 착각이라면 '그것'과 인간의 신체 기관이 서로 대응한다고 생각하는 것 또한 잘못된 판단일 수도 있는 것이다.

그러니까 조금 전에 어깨 위에 솟아 동그랗게 뭉쳐져 있다가 총알 두 방을 맞고 폭발한 것처럼 흐트러진 저 검푸른 섬유 다발이 '총에 맞은' 것도, 심지어 '머리'가 아닐 수도 있다는 말이지.

찬미는 주춤주춤 일어나 뒷걸음쳤다. 그 뒤에서 바짝 긴장한 채 기다리고 있던 민정도 사정을 눈치채고 찬미의 손을 잡아끌었다.

달아나느라 정신이 없던 두 아이는 '그것'이 갑자기 일어나는 것을, 양손에서 다시 손톱이 돋아나는 것을, 어깨 위에 난 수백 개의 시신경섬유들이 다시 동그랗게 뭉치는 것을, 그 작은 눈 수백 개가 만든 360도의 시야 안에 갇힌 남자애들이 질겁하며 도망치는 것을 보지 못했다.

주차장 밖으로 달려 나온 찬미와 민정은 허겁지겁 걸음을 멈추었다. 피 냄새를 맡고 몰려든 외계 로봇들이 톱니바퀴를 돌리며 주차장 앞에서 기다리고 있었다. 두 아이는 느린 걸음으로 습관적인 예를 갖추면서 뒤편으로 빠져나왔다. 둘은 운 좋게 '그것'을 피해 달아났지만 조심성이 없었던 남자애 한 명은 달리는 속도를 통제하지 못한 채 로봇 하나를 들이받았고 그 즉시 반토막이 났다. 가까스로 '그것'과 로봇들을 피해 달아난 남자애들의 비명소리가 사이렌처럼 서서히 멀어져 갔다.

그동안 꼭 쥐고 있던 찬미의 손을 놓고 주변을 둘러보던 민정은 주차장에서 기어 나와 꿈틀거리고 있는 최정호에게 다가갔다. 왼손이 잘려 나간 손목에서는 피가 꿀렁꿀렁 흘러나왔고 얼굴에는 이마부터 목까지 가로지르는 깊은 상처가 나 있었다.

"네가 왜 우릴 잡아 왔는지 알겠어."

민정이 말했다.

"넌 미끼가 필요한 게 아니었어. 저 외계인을 잡는 것에도 관심이 없었어. 그냥 여자애들이 죽는 걸 구경하고 싶었던 거야."

최정호는 입에 머금고 있던 피를 뱉어 내고 억지웃음을 지었다.

"그게…… 더…… 재미있으니까……."

민정은 최정호의 얼굴을 세게 걷어차고 찬미에게 돌아왔다. 닥스훈트 크기의 앙증맞은 로봇 두 대가 머리에 달린 작은 톱니바퀴를 돌리며 민정을 지나쳤다. 뒤에서 들리던 억지스러운 웃음소리는 곧 자지러지는 비명으로 바뀌었다.

그리고 외계 벌레는 5미터 높이에 떠서 그 모든 광경을 바라보고 있었다.

7

30분 뒤 '그것'은 주차장에서 나와 대로 한가운데에 주저앉았다. 진액이 흘러나오는 상처들을 손톱이 달린 세 손가락으로 번갈아 문지르며 낮게 웅웅 소리를 내는 그 짐승은 지금 안전해 보였다. 적어도 민정은 그렇게 생각했다. 천천히 하늘에서 내려와 '그것'의 어깨 주변을 평화롭게 맴도는 외계 벌레 때문에 더 그렇게 느껴졌는지도 모르겠다.

'그것'은 짐승이었다. 하지만 결코 어리석은 짐승이 아니었다. 민정과 찬미가 알 수 없었던 것은 '그것'의 기억이 어깨처럼 보였던 역삼각형 머리에서 흘러나오는 검은색 액체를 타고 동료와 자식 들에게 전달된다는 것이었다. 우주선을 타고 은하계를 누비면서 수백, 수천의 상대를 만나 쌓은 생존자들의 경험이 '그것'의 몸 안에 누적되어 있었다. 죽은 척하기, 약한 척 엄살을 부리다가 적수를 방심시키기 같은 전술들 역시 조상에게서 물려받은 것이었다.

민정은 '그것' 곁으로 걸어가는 찬미를 말리지 않았다. 더이상 '그것'에게는 폭력의 기운이 느껴지지 않았다. 민정은 엉거주춤한 자세로 우두커니 서서 찬미와 '그것'이 말없이 서로를 응시하는 모습을 바라보았다.

갑작스러운 불빛에 하늘이 밝아졌다. 얼마 전까지 안양역에 정박하고 있던 외계 우주선이 시청 쪽으로 날아오고 있었다. 민정은 숨이 막히는 것 같았다. 지금까지 안양에 살면서 우주선의 존재에 익숙해졌다고 생각했다. 하지만 쌍안경으로 멀리서 관찰하는 것과 가까이서 보는 것은 전혀 달랐다. 보석으로 장식한 가오리처럼 반짝이는 우주선은 압도적으로 아름다웠고 무엇보다 살아 있었다. 단순한 기계가 아니었다. 온몸에서 내뿜는, 방사능처럼 강렬한 의지가 느껴졌다.

우주선은 UFO 조형물 옆에 사뿐히 내려앉아 조용히 입을 벌렸다. 민정은 그 속을 엿보았다. 검은 막대기들을 엮어 만든 새 둥지 비슷한 것이 구석에 놓여 있었다. '그것'은 느릿느릿 우주선 안으로 들어가더니 둥지 안에 몸을 접고 앉았다.

발소리가 들렸다. 찬미가 시청 청사로 달려가고 있었다. 처음엔 도망치는 줄 알고 민정도 따라 달아나려고 했다. 하지만 뒤돌아본 찬미가 손짓으로 민정을 막더니 시청 안으로 걸어 들어갔다.

민정은 천천히 우주선으로 다가가 표면을 만져 보았다. 건조한 듯하면서도 매끄럽고 탄력 있었다. 희미하게 반짝이는 내부는 짐승의 내장 같았다. 안의 모든 것이 둥글고 비대칭적이었다. 지구의 탈것에 있는 방과 같은 구조는 없었다. 외계 우주선을 직접 만져 보고 안을 들여다본 사람은 전세계에 수십 명밖에 안되었다. 이제 민정은 그 운 좋은 소수 중 하나였다.

달그락거리는 소리가 들렸다. 어느새 찬미가 제법 큰 핑크색 샘소나이트 캐리어 두 개를 끌고 오고 있었다. 짊어진 백팩도 이전보다 두툼해 보였다. 찬미의 창고는 시청 안에도 있었다. 민정 옆에 서서 겁에 잔뜩 질린 얼굴로 우주선 내부와 '그 것'을 노려보던 찬미는 양 주먹을 꼭 쥐고 헛기침을 하더니 캐리어 하나를 잡아끌고 우주선 안을 향해 발을 뻗었다.

"미쳤니?"

민정이 찬미의 손을 붙들며 소리쳤다.

"뭐가?"

"너 지금 뭐 하는 거야?"

"네가 하라고 한 거. 안양을 떠나는 거야."

"누가 우주선을 타고 가래? 그냥 군인 아저씨들을 부르라고! 우주선이 여기 있으니까 군인들도 곧 여기로 올 거야. 그냥 기다리기만 하면 돼!"

"그건 바보짓이야. 집으로 돌아갈 수 없어. 난 무조건 앞으로 가야 해."

"넌 지금 죽으러 가는 거야. 저게 화성이나 수성 어딘가에 착륙해서 입을 벌리면 어떻게 할래?"

"그렇지 않아. 안에 저것이 있으니까."

찬미는 둥지 안의 '그것'을 가리켰다.

"저게 아직까지 살아 있다는 건 우주선이 배려하고 있다는 증거야. 모르겠어? 이건 지구와 같은 환경의 행성만 오가는 우주선이라고! 저것이 가는 곳이라면 인간도 갈 수 있어!"

"우주 병균에 감염돼서 죽을지도 몰라."

"어차피 지구에 있어도 감염되는 건 마찬가지야."

"저 괴물이 널 잡아먹을 거야."

찬미는 웃으며 고개를 저었다. 그리고 손가락으로 위를 가리켰다.

벌레들이었다. 처음엔 하나밖에 없던 벌레가 열 마리로 늘어 있었다. 그것들은 찬미와 민정의 머리 위를 후광처럼 맴돌았다.

"저 벌레들은 아까부터 우리를 보고 있었어. 벌레들이 우주선에 연락한 거라고. 저들은 우리를 원해. 우리가 우주선을 타고 지구를 떠나 저 머나먼 별들로 가길 바란다고. 우린 선택받은 거야.”

“우리?”

“그래. 너도 선택받았어.”

민정은 미쳐 버릴 것 같았다. 내가 지금 저 BBC 드라마에 빠진 미치광이랑 여기서 뭐 하고 있는 거지? 어떻게 머리가 돌아야 저런 생각이 가능한 거지? 이게 다 파란 요정이랑 다리 달린 코브라가 나오는 드라마 때문인가? 노인정 할머니들이 목사님 딸이 걱정되니 찾아봐 달라고 했을 때 그냥 무시했어야 하는데.

“거긴 아무것도 없을 거야! 먹을 것도, 비누도, 샴푸도, 치약도, 선크림도, 갈아입을 속옷도 없을 거라고!”

찬미는 어이가 없다는 듯 옆에 세워 둔 캐리어를 발로 툭툭 쳤다. 그건 기괴할 정도로 설득력 있는 제스처였다. 찬미의 캐리어라면 필요한 물건들이 영원히 솟아 나올 것 같았다. 그리고 그런 캐리어가 하나 더 있었다.

찬미는 두 번째 캐리어의 손잡이를 민정의 손에 쥐여 주고 조용히 끌어안았다.

“내가 준비한 기름을 너에게 나누어 주는 거야.”

주춤하고 뒤로 물러난 민정은 찬미의 커다란 눈을 바라보았다. 종교와 관련된 것이라면 필사적으로 외면해 왔고 당연히 신약성서 따위에도 관심이 없던 터라 '기름' 어쩌고가 무슨 뜻인지 알 도리가 없었지만, 자신이 결국 저런 눈을 가진 사람에게 끌려다닐 운명이었다는 것은 알았다. 엄마가, 아빠가, 그리고 5년 전에 그들과 같이 죽은 그 정신 나간 사람들이 그랬던 것처럼.

찬미는 민정의 손을 잡아끌었다.

"따라와, 아마라 이스마엘."

그리고 둘은 벌레들과 함께 우주선 배 속으로 걸어 들어갔다.

별이

1

별이가 어떻게 우리 마을에
오게 되었는가에 대해서

별이가 우리에게 온 건 가시덤불2의 시간으로 38년 6월 19일 오후 5시쯤, 지구 그리니치 천문대 시간으로는 2069년 5월 24일 오후 1시 30분 무렵이었다. 핑크색 구름에 뚫린 커다란 하트 모양 구멍 사이로 저녁 햇빛이 내렸다. 서너 시간 전까지 내린 비에 젖은 풀밭이 적황색으로 빛났다. 교만 호수에서 질투 호수로 부는 차가운 바람에 듬성듬성 솟아 있는 작고 둥근 나무들이 사각사각 소리를 냈다. 그 너머 버려진 교회에서 솔베리 박사가 연주하는 파이프 오르간 소리가 희미하게 들렸다. 세자르 프랑크였나? 막스 레거였나? 아니면 솔베리 박사의 자작곡이었나? 잘 기억나지 않는다.

엄마와 나는 새로 만든 자전거 길을 따라 걸으며 가장자리에 난 자살나무들의 견본을 모으고 있었다. 자살나무는 커다랗게 부푼 배추처럼 생긴 땅딸막한 나무로, 지하수를 빨아 마

시며 정신없이 자라다가 말 그대로 폭발한다. 폭발한 나무 조
각들이 사방으로 흩어지면 조각 안에 숨은 홀씨가 새로 뿌리
를 내린다. 멍청하기 짝이 없는 식물이다. 하지만 중요한 건
폭발 직전의 자살나무가 썩 쓸 만한 요리 재료라는 것이다. 아
무 맛도 없지만 식감이 좋고 모든 맛을 쉽게 빨아들이며 순무
정도의 영양가를 갖추고 있다. 샐러드나 수프에 넣을 수도 있
고 절여서 물김치 비슷한 것도 만들 수 있다. 엄마는 적당한
시기에 자살나무의 윗부분을 자르고 밑동에 십자 자국을 내
서 폭발을 막은 후 계속 자라나게 하는 기술을 연구하고 있었
다. 다만 십자 자국 상처에서 자라는 기생 식물들과 그에 따
른 오염 가능성이 문제였다. 그 기생 식물에는 아직 이름이 없
었다.

　기생 식물 샘플과 자살나무 조각이 가득 담긴 상자 둘을 엄
마와 자전거 바구니에 담고 마을로 돌아가려는데 하늘에서
이상한 소리가 들렸다. 길고 날카롭게 내지르는 휘파람 같은
소리. 쾅 하는 천둥소리가 뒤따랐다. 아자니들은 그런 소리를
내지 않았다. 우리는 동시에 소리가 난 쪽을 올려다보았다. 가
느다란 빛줄기가 구름을 뚫고 옛 교회 마을 방향으로 떨어지
고 있었다. 처음에는 별똥별인가 생각했지만 아니었다. 빛줄
기 끝에서 어떤 형상이 갑자기 두 조각의 껍질을 벗고 감속하
기 시작했다.

　물체가 산 너머로 사라지자 우리는 자전거를 몰고 마을로

갔다. 마을 사람들 절반 정도가 밖에 나와 있었다. 그 정도면 거의 전부라는 뜻이다. 나머지 절반은 발전소 공사장에 가 있었으니까. 질투 호수와 교만 호수는 4킬로미터 정도 떨어져 있었고 질투 호수의 수면이 교만 호수보다 20미터 정도 높았다. 둘을 수로로 연결하면 계절의 영향을 받지 않는 두 번째 발전소를 세울 수 있었다.

"교만 호수에 떨어졌대요."

스웨텐 마을 천문대의 컴퓨터와 연락을 취하고 있던 우리 마을 이장 한서 아저씨가 말했다.

"하지만 육지에서 멀지 않아요. 교회 마을에서 배로 2킬로미터만 가면 찾을 수 있을 거예요. 그 부분은 수심도 얕아요."

"하지만 그게 뭔데요? 링커 기계는 아니었어요."

엄마가 물었다.

"인간이 만든 것이겠죠. 몇몇 우주군에서 아자니 몸에 붙일 수 있는 캡슐 탈것을 만들었다고 들었어요. 심지어 몸체에 직접 붙일 필요도 없대요. 가까이 있으면 아자니가 일으키는 인공 중력 소용돌이에 말려든다나. 그렇게 들었어요."

"하지만 인간이 만든 것이라면 왜 우리에게 연락을 하지 않았죠?"

"기계가 고장 났는지도 모르죠. 아니면 승무원이 다 죽었거나. 어찌 되었건 확인해 봐야 합니다. 누가 가겠어요?"

모두가 손을 들었다. 어차피 급한 일도 없었다. 수군대는 소리를 들어보면 스웨덴 마을 사람들은 벌써 움직이고 있는 모양이었다.

사람들을 꽉꽉 채운 두 대의 트럭이 출발했다. 거기에 타지 못한 나 같은 사람들은 자전거와 2인용 카트로 그 뒤를 따랐다. 마을은 순식간에 텅 비었다. 수경 농장과 수력 발전소, 공장에만 각각 한 명씩 담당자가 남아 있었다.

30여 분간의 느릿느릿한 행진이 교만 호수 부둣가에서 끝났을 때 해는 이미 저물어 있었다. 부둣가에는 이미 스웨덴 마을에서 온 트럭이 있었고 근처에 정박한 안나 볼레나 선실의 불은 켜져 있었다. 트럭 앞의 솔베리 박사가 우리에게 손을 흔들었다.

한서 아저씨가 트럭에서 내린 사람들 중 세 명을 뽑았다. 유라 언니, 노을 언니, 요섭 아저씨가 뽑혔다. 이 넷과 솔베리 박사가 스웨덴 노인네들이 타고 있는 배에 올랐다. 잠시 뒤 안나 볼레나는 조명등을 켜고 경적 소리를 내면서 안개 속으로 들어갔다.

호숫가에 남은 우리는 모두 안경을 쓰거나 태블릿을 열고 안나 볼레나와 천문대에서 보내오는 정보를 받고 있었다. 이미 추락한 물체의 궤적과 추락 위치는 가시덤불 궤도를 도는 여섯 개의 위성을 통해 확인되었다. 그 물체는 네 시간 전 우리 태양계로 날아 들어온 가르보 안에 들어 있던 아자니 한 마리의 표면에 묻어 있었던 것 같았다. 그 아자니는 아무 일 없이 착륙해 40킬로미터 저편에 있는 올리비에의 품 안에 있었고 안에는 사람들이 타고 있지 않았다. 물체가 추락한 곳은 호숫가에서 2.5킬로미터 떨어져 있었고 그곳은 기껏해야 수심이 10미터에 불과했다. 스웨덴 사람들의 계산에 따르면 그 물체는 아무리 커도 길이가 15미터를 넘지 않았다. 그 정도면 광물 수집용으로 설계된 안나 볼레나가 충분히 인양할 수 있었다.

"찾았다."

솔베리 박사의 흥분한 목소리가 여기저기 설치된 스피커를 통해 들렸다. 그와 동시에 안나 볼레나의 시각 정보가 우리에게 전송되었다. 호수 밑 수초 속에 반쯤 파묻혀 있는, 모서리와 끝이 동그랗게 다듬어진 직육면체 모양의 상자였다. 길이는 10미터 정도. 발열판을 뒤집어쓰고 있었을 때는 그보다 조금 더 컸을 것이다.

우리는 안나 볼레나가 네 개의 채굴용 기계손과 자석 크레인으로 상자를 수초 속에서 끌어내는 것을 구경했다. 상자가 수초에서 떨어져 나오자 기계손은 네 개의 인양용 풍선을 부착했다. 잠시 뒤 풍선은 질소를 꾸역꾸역 먹으며 부풀어 올랐고 상자는 천천히 떠올랐다.

한 시간 뒤, 안나 볼레나는 상자를 끌고 부두로 돌아왔다. 스웨덴 트럭에 달린 크레인이 안나 볼레나의 크레인과 힘을 합쳐 상자를 부두에 올려놓았다. 사람들은 호스로 물을 뿌려 표면에 묻은 수초와 얼룩을 지웠다.

부두 조명등의 밝은 불빛 아래서 보니, 그 상자는 제법 우주선 같았다. 밑에는 부스터가 네 개 달려 있었고 문과 카메라 렌즈용 창도 보였다. 하지만 문은 밖에서 거칠게 용접되어 있었고 렌즈는 보호창 밑에서 깨져 있었다. 표면엔 우주선 일련번호처럼 보이는 글자들이 반쯤 지워진 채 남아 있었는데, 'UFT-3'까지만 읽을 수 있었다.

토론이 이어졌다. 이대로 스웨덴 마을 연구실로 보내 통제된 환경 속에서 문을 열 것인가, 아니면 지금 당장 열 것인가. 후자의 압승이었다. 저 안에서 살아 있는 누군가가 구조를 기다리고 있을지도 모르는 것 아닌가?

요섭 아저씨와 한센 박사가 문을 여는 작업을 시작했다. 한센 박사가 안나 볼레나에서 가져온 발열 시멘트를 문 가장자리에 바르고 불을 붙였다. 시멘트가 다 타 버리자 요섭 아저씨가 절단기로 빨갛게 달아오른 금속을 조금씩 잘라 냈다. 15분만에 문은 거의 잘려 나갔고 트럭의 크레인이 밑부분에 아슬아슬하게 매달린 문을 뜯어냈다.

우주선 안에서 따뜻하고 역한 공기가 밀려 나왔다. 누군가는 생물학적 오염을 걱정할 타이밍이었다. 하지만 그런 염려를 하기에는 모두가 링커 우주에서 너무 오래 살았다. 우리의 몸은 그 정도 오염 따위는 극복할 수 있었다. 안 되면 어쩔 수 없고.

우리가 열린 문 주변에 모여 우왕좌왕하는 동안 요섭 아저씨가 먼저 안으로 들어갔다. 아직 붉은 기가 가시지 않은 절단기를 왼손에 들고 있었는데, 안에 있을지도 모르는 외계 괴물과 싸우기 위한 무기로 쓸 생각이었을까.

"시체가 있어요."

요섭 아저씨의 목소리가 메아리치며 들렸다.

"남자예요. 흑인이고요. 아주 말랐고 죽은 지 얼마 안 된 것 같습니다. 우주선 벽의 피가 아직 축축해요. 몸이 반으로 꺾였는데 그 때문에 죽었는지, 죽은 뒤에 우주선이 추락하는 동안 이렇게 된 건지는 잘 모르겠습니다. 그리고……."

한동안 침묵이 흘렀다. 문에서 가장 가까운 곳에 있던 한센 박사가 따라 들어가려는데, 갑자기 요섭 아저씨가 어리둥절한 얼굴로 문에서 튀어나왔다. 아저씨는 손가락으로 안을 가리키면서 말했다.

"안에 뭔가 있어요. 상자 안에. 살아 있는 것 같아요."

한센 박사가 안으로 들어갔고 요섭 아저씨도 다시 그 뒤를 따랐다. 금속 물체가 마찰하면서 내는 불쾌한 소리와 함께 하얀 상자가 끌려 나왔다. 문턱에 상자가 걸리자 한서 아저씨와 유라 언니가 힘을 보탰다. 상자는 한 번 덜컥하더니 부두의 포석 위에 놓였다.

그리고 꿈틀했다.

겁에 질린 우린 일제히 한 걸음씩 뒤로 물러났다. 심지어 안에서 상자를 확인한 요섭 아저씨도 마찬가지였다.

"짐승인 것 같아요."

요섭 아저씨가 상자를 손가락질하며 말했다.

이번엔 상자를 어느 마을로 가져가서 여느냐에 대한 토론이 이어졌다. 우리 마을이 이겼다. 스웨덴 마을의 과학자들은 온갖 설비들을 갖추고 있었지만 저 상자 안에 있는 짐승을 다룰 만한 시설은 없었다. 가시덤불 행성에 뇌가 있는 동물 따위는 존재하지 않았기 때문이다. 하지만 우리 마을에는 상당히 큰 병원 건물이 있었고, 이 상자 크기 정도의 짐승을 감당할 수 있는 밀폐 병실도 두 개나 있었다. 스웨덴 마을 사람들도 병이 심하면 우리 병원을 찾았다. 이 경우라고 다를 건 없었다.

우리는 상자를 첫 번째 트럭에 실었다. 그 트럭을 타고 온 사람들 중 여섯 명은 어쩔 수 없이 걸어서 돌아와야 했다. 한센 박사를 포함한 스웨덴 과학자 몇 명이 우주선 주변에 머물렀다.

자전거를 타고 마을로 돌아오는 동안, 나는 그쪽에서 들어오는 정보들을 확인했다. 우주선의 일련번호는 UFT-33259였고 끔찍했지만 우주선 안의 시체를 통해 여러 가지를 알 수 있었다. 한센 박사는 이 우주선이 지구 출신일 테고 아마 프랑스 우주군 소속일 거라고 했다. 프랑스어를 쓰는 서아프리카 국가에서 온 것일 수도 있겠지만 그럴 가능성은 낮았다. 착륙 전에 죽은 게 분명한 남자 대신 우주선을 착륙시킨 건 아직도 작동 중인 인공 지능이었다. 그리고 그 착륙은 모든 면에서 성공적이었다. 육지에 착륙했다면 더 좋았겠지만 가시덤불에서 그건 어려운 일이다. 스웨덴 사람들이 인공 지능과 의사소통을 시도했지만 중요한 데이터는 이미 날아가 버리고 없었다. 종이로 된 인쇄물 역시 찾을 수 없었다. 여기까지가 내가 마을에 도착할 때까지 안경을 통해 받은 정보의 전부였다.

병원에 도착하자 한서 아저씨와 솔베리 박사를 포함한 네 명이 상자를 2층에 있는 밀폐 병실로 가져갔다. 유라 언니가 아직 공사 중인 지하실에서 쓰는 금속 보호복을 가져오는 동안 사람들은 상자를 연구했다. 상자는 콩스탕사(社)의 5호 제작기나 그 변종으로 만든 것 같았고 아직 멀쩡한 두 개의 핵전지에 의해 작동되는 살아 있는 기계였다. 귀를 대면 윙 하는 소리가 들렸고 두 개의 작은 유리창을 통해 희미한 불빛도 비쳤다.

그리고 그 짐승도 보였다.

짐승은 초록색인 것 같았다. 정확하게 말하면 에메랄드처럼 표면이 투명하게 빛나는 무언가. 눈이 달린 얼굴이 언뜻 보였고 앞발 비슷한 게 창문을 긁는 것도 같았다. 하지만 유리창을 통해 보는 것만으로는 전체 모습을 확인하기 어려웠다. 그러려면 일단 그 짐승을 상자 밖으로 끄집어내야 했다.

보호복이 도착하자 사람들은 모두 병실 문을 닫고 나왔다.

누가 보호복을 입느냐를 겨루는 싸움은 시작하지도 못했다. 유라 언니가 이미 그 보호복을 입고 왔기 때문이다.

혼자 병실 안에 들어간 유라 언니는 상자를 여는 작업을 시작했다. 콩스탕사의 제작기는 마을에도 한 대 있었고 모두가 이 기계의 스타일에 익숙했다. 하지만 우주선 안의 누군가가 여기에 추가 잠금장치를 설치했기 때문에 그걸 잘라 내지 않고는 열 수가 없었다. 그렇다고 안에 있는 짐승을 다치게 할 수 없으므로 작업 시간이 길어졌다.

마침내 잠금장치를 잘라 낸 유라 언니가 상자의 뚜껑을 열었다. 상자 안을 들여다본 유라 언니는 이상한 표정을 지으며 천천히 뒤로 물러났는데, 보호복에 카메라가 달려 있지 않았기 때문에 병원 밖에서 안경을 통해 상황을 확인하던 우리는 어리둥절할 수밖에 없었다.

"아이예요."

벽에 바짝 붙어 선 유라 언니가 천천히 말했다.

그때 작은 에메랄드빛 손 두 개가 상자에서 삐져나왔다. 보석처럼 반짝이고 투명하다는 걸 제외하면 사람과 크게 다를 것 없었다. 가느다란 손가락이 달린 작은 손이 마치 자체 의지를 가진 독립된 생명체처럼 움직였다. 한참 상자의 가장자리를 더듬던 양손은 갑자기 힘을 주어 상자를 잡았다. 그 뒤를 이어 작은 에메랄드빛 얼굴이 느릿느릿 솟아올랐다. 광택 없이 까맣고 커다란 눈이 창 너머에서 자기를 구경하는 사람들을 올려다보았다.

아이는 아름다웠다.

한참 흐르던 침묵을 깬 건 솔베리 박사였다. 해적 선장 같은 껄껄거리는 웃음소리가 병원 복도에 메아리쳤다. 모두들 어이없어하며 자기를 쳐다보자 박사는 아이를 가리키며 외쳤다.

"이건 농담이 분명해. 장난이야, 가짜라고!"

2

링커 우주 내 외계 문명의
존재 가능성에 대해서

지구 달력으로 2009년, 지금 우리가 아자니라고 부르는 아름다운 링커 우주선이 우주에서 내려와 지금 우리가 웨인이라고 부르는 호전적인 링커 기계들을 떨구었을 때, 사람들은 당연히 겁에 질렸다. 그것은 지구가 겪은 최초의 외계 문명 침공이었다.

하지만 링커 기계 '기네스'가, 지구 도시의 이곳저곳에서 웨인들이 약탈해 온 재료로 파수병 '쿠퍼'의 보호 아래, 거대한 두뇌가 든 건물 '올리비에'를 짓고, 그 두뇌의 품 안에서 태어난 작은 아자니들이 우주로 날아오르는 것까지 본 지구인들은 링커 문명의 침공이 영화나 소설을 통해 상상해 왔던 것과 전혀 다른 종류라는 사실을 알아차렸다. 링커 기계들과 아자니는 그냥 묵묵하게 자기 일에 종사할 뿐, 지구인에게는 별관심이 없어 보였다. 모든 종류의 소통 시도는 실패로 돌아갔다.

지구인들의 실망은 곧 흥분으로 바뀌었다. 이들의 무관심은 오히려 엄청난 선물이었다. 아자니 속에 숨어 들어간 밀항자들은 아자니들을 실은 거대한 초광속 우주선 '가르보'를 타고 우주 저편으로 갈 수 있었다. 지금까지 달에 사람을 몇 명 보내고 태양계 가장자리까지 우주선 몇 대를 던진 게 업적의 전부였던 종족이 별다른 노력도 없이 은하계로 진출한 것이다.

당연히 지구인들은 링커 기계의 창조자들을 찾아 나섰다. 가르보를 타고 처음 도착한 외계 행성에서 궤도를 도는 거대한 스테이션을 보았을 때, 그들은 당연히 링커 우주선과 링커 기계를 만든 벌레 눈 외계인을 만날 수 있을 거라고 생각했다. 하지만 지금 우리가 '디트리히'라고 부르는 스테이션은 그 안을 날아다니는 벌레 크기 비행체 '드뇌브'와 마찬가지로 아자니의 친척에 불과했다. 아자니를 타고 내려간 행성들에서도 자체적으로 문명을 이룬 생명체의 흔적은 찾을 수 없었다. 우리를 맞아 주는 건 버려진 주유소처럼 못생기고 지루한 링커 기계들의 집뿐이었다.

딱 한 번, 외계인을 만났다고 여긴 적이 있었다. 2012년 일어난 그 사건을 우리는 '자코메티 침공'이라고 부른다. 하지만 우리가 자코메티라고 이름 붙인 존재는 아주 영리하고 위험하긴 했지만 지적 생명체는 아니었다. 인간과 닮았다고 해서 지성이 보장되는 건 아니었다. 링커 우주에서는 아무나 항성 간 여행을 할 수 있었다.

곧 지구인들은 대부분 외계인에 대한 관심을 잃었다. 살아남는 게 궁금증보다 우선이었다. 수조 수억 종의 바이러스가 링커 우주선에 기생해 초광속으로 은하계 안을 날아다니며 거대한 생태학적 네트워크를 구성했다. 링커 네트워크의 지배를 받은 생태계 안에서 생물학적 안정성은 붕괴되었으며 종의 장벽은 무너져 갔다. 외계인을 걱정하는 동안 우리가 먼저 외계인이 될 판이었다. 가시덤불 행성에 정착한 지구인들도 더 이상 순수한 지구인이라고 할 수는 없었다. 우리는 링커 네트워크의 도움을 받으며 천천히, 하지만 우리가 다윈 우주라고 부르는 링커 네트워크 바깥의 기준으로 보면 무섭게 빠른 속도로 행성의 환경에 적응하고 있었다.

그렇다고 외계 종족에 대해 궁금해하는 사람들이 완전히 사라진 건 아니었다. 링커 문명의 창조자들이 없는 건 이해할 수 있다. 그들이 육체를 버리고 디트리히나 올리비에 속에 숨어 있다면 충분히 납득할 수 있는 일이다. 하지만 이토록 생명이 가득한 우주에 다른 지적 존재가 없다는 게 정상인가? 무엇보다 링커 기계와 우주선의 무덤덤함이 설명되지 않는다. 지적 생명체에게 이렇게까지 무관심하다는 건 은하계에 지구 수준의 다른 문명이 드물지 않다는 뜻이다. 그 문명권의 외계인들도 지금 링커 우주선을 타고 은하계를 돌아다니고 있을지도 모른다.

그렇다면 그들은 지금 어디에 있는가.

잉마르 솔베리 박사는 그 미스터리에 매달린 수많은 과학자들 중 한 명이었다. 이 나이 든 학자의 전문 분야는 전파고고학이었다. 링커 우주선을 타고 이 행성, 저 행성을 누비며 다른 문명이 남겼을지도 모르는 전파의 흔적을 찾는 것. 지금까지 박사는 평생에 걸친 연구를 통해 수많은 천문학적 발견을 해 왔지만 단 한 번도 외계 문명의 흔적은 찾지 못했다.

그런데 그런 그 사람 앞에 갑자기 에메랄드 조각상처럼 아름다운 외계인 아이가 나타난 것이다.

시시한 농담처럼.

3

별이의 외모에 대해서

우리는 뒤늦게 솔베리 박사를 이해할 수 있었다. 아이는 아름다웠다. 있을 수 있는 일이다. 우리가 우주로 진출한 뒤 접한 수많은 생명체들은 모두 각자의 방식으로 아름다웠다. 하지만 아이의 아름다움은 우리가 아무런 저항 없이 거의 완벽하게 해독 가능한 종류였다. 그 의미는 무엇인가. 그 아름다움은 우리의 취향과 감각에 맞추어져 있었다.

아이는 일어나자마자 휘청거리면서 팔을 휘저었다. 유라 언니가 뒤에서 뛰어나와 상자 밖으로 넘어질 뻔한 아이의 양팔을 잡았다. 아이는 살짝 입을 벌리고 새 울음 같은 짧은 소리를 냈다.

유라 언니가 아이를 상자에서 꺼내자 우리는 그 외계인 아이의 전신을 볼 수 있었다. 비단처럼 반짝이는 아이의 머리칼은 등까지 내려올 정도로 길었고 팔다리는 가늘었다. 아이는 비닐로 만든 넝마처럼 보이는 반투명한 원피스를 입고 있었고 맨발이었다. 귀는 뾰족했고 손가락은 우리처럼 다섯 개였지만 모양과 위치가 조금 달랐다. 발가락은 네 개씩인 것 같았다. 자세히 보면 무릎과 관절 모양도 우리와 조금씩 달랐다.

하지만 전체적으로 보면 아이는 놀랄 만큼 지구인과 닮아 있었다. 외계인으로 분장한 할리우드 배우처럼, 판타지 영화의 애니메이션 캐릭터처럼, 아이의 아름다움은 진한 설탕물 같이 강렬하며 익숙한 것이었다.

"지구인일지도 몰라요."

요섭 아저씨가 말했다.

"그런 판단을 하기에는 너무 빨라요."

솔베리 박사가 고개를 저으며 대답했다.

"저 아이의 피는 분명 파란색일 겁니다. 아무리 링커 우주라고 하지만, 겨우 60여 년 만에 피의 헤모글로빈이 헤모시아닌이 될 정도로 급속하게 몸이 바뀔 수 있을까요? 외계생물학은 내 전공이 아니지만 관절 모양도 이상해 보입니다. 다른 생물을 재료로 개조한 생명체인 게 분명해요. 누군가 우리를 놀리고 있는 겁니다."

"하지만 왜요?"

솔베리 박사는 어깨를 한 번 으쓱하더니 입을 닫았다.

토론할 시간이 아니었다. 미나 언니를 선두로 병원 사람들이 우르르 몰려왔다. 미나 언니는 가지고 온 의료 기계를 병실로 밀어 넣었다. 유라 언니는 이미 헬멧을 벗고 엉거주춤 서 있는 아이의 머리를 쓰다듬고 있었다. 침대에 눕혀진 아이가 수많은 사람들에게 둘러싸였다. 곧 병실 창문의 블라인드에 가려 아이는 우리 시야에서 사라졌다.

병원 주변에 몰려 있던 사람들은 서서히 흩어지기 시작했다. 나는 자전거를 끌고 엄마와 함께 집으로 돌아왔다. 흙 부대로 모양을 잡은 후 표면에 시멘트를 바른 이글루 모양의 집이었다. 집을 이루는 부대 몇 개는 내가 직접 흙을 채워 넣었었다. 시멘트에 가려 더 이상 보이지 않지만 그 부대엔 내 이름도 쓰여 있었다.

침대에 누웠지만 잠을 잘 수 없었다. 온갖 생각이 머릿속을 돌아다녔다. 지난 6년 동안 나는 이 행성의 유일한 아이였다. 내가 태어나고 거쳤던 세 개의 다른 행성에서도 마찬가지였다. 아이들이 많은 식민지도 있었지만 엄마가 고집스럽게 선택한 행성들은 편하게 애를 키울 만한 곳이 아니었다. 가시덤불은 나를 위해 엄마가 마지막으로 고른 행성이었다. 이 정도면 사람들이 편안하게 2세를 계획할 만했지만, 그래도 아직은 아이가 없었다. 나는 다른 아이들을 직접 본 적도 없었고 그들과 친구가 된 적도 없었다. 그런 나에게 그 초록색 생명체의 존재는 낯선 만큼이나 친근하게 느껴졌다.

그 아이는 내 친구가 될 수 있을까?

4

별이에 대한 두 마을 사람들의
의견에 대해서

다음 날 아침, 나는 다른 마을 사람들처럼 병원 건물 주변을 포위하는 대신 자전거를 타고 교회로 갔다. 어차피 안으로 들어갈 수 없다면 병원으로 가는 건 쓸모없는 짓 같았다.

언덕 가장 높은 곳에 세워진 교회는 버려진 교회 마을에서 유일하게 살아남은 건물이었다. 마을의 흙집들은 다 무너져 내렸고 텐트들은 불타 없어졌으며 가구와 물건은 전부 웨인들에게 약탈당했지만 교회는 스테인드글라스가 깨지고 십자가와 종이 날아간 것만 제외하면 멀쩡했다. 심지어 우리가 발견했을 때는 파이프 오르간도 그럭저럭 연주가 가능했다. 웨인들은 이걸 조금도 건드리지 않았다.

교회 건설은 결코 쉬운 일이 아니었을 것이다. 건축에 쓴 돌 대부분은 호수 밑에서 가져온 것이었다. 이 행성의 나무들은 거대하게 부푼 채소 같아서 건축용으로는 쓸모가 없었다. 이

걸 지을 당시의 마을 사람들에게는 중장비도, 제작기도 없었던 것 같다. 파이프 오르간도 제작기로 만든 것이 아니라 지구에서 만든 부품들을 조립한 것이었다. 먹고살기도 바쁜 사람들이 아무짝에도 쓸모없는 이 건물과 악기의 제작에 5년의 시간과 인구 절반의 노동력을 투자했던 것이다.

우리 달력으로 38년 전, 이 행성에 처음 도착한 교회 마을의 거주민들은 한국에서 온 개신교인들이었다. 우주로 온 개신교인들이 대부분 그렇듯, 그들은 제정신이 아니었다. 행성 이름을 가시덤불이라고 짓고, 인근 호수에 칠대 죄악에서 딴 이름을 붙인 걸 보라.

그들은 이제 없었다. 어떻게 된 것일까. 아무도 모른다. 종종 식민지 개척자들은 알 수 없는 이유로 사라진다. 변덕스러운 링커 우주선에 통신과 교통을 전부 의존하고 언제나 증거인멸에 열심인 웨인들이 오가는 세계에서, 이들에게 무슨 일이 일어났는지 알 수 없는 것은 어찌 보면 당연하다. 우리는 이런 현상에 이름도 붙였다. 크로아토안. 아, 가시덤불 개신교인들? 크로아토안 당했어.

사람들은 교회 건물을 꾸준히 관리했다. 파이프 오르간을 수리했고 전기와 상하수도 시설을 갖추어 놨으며 종과 스테인드글라스를 새롭게 설치했다. 단지 첫 번째 개척자들이 끌고 온 종교적 믿음은 오래전에 사라지고 없었다. 십자가가 있어야 할 자리엔 평범한 피뢰침이 설치되었다. 스테인드글라스의 그림은 로테 바이스너의 『이상한 나라의 앨리스』와 『거울 나라의 앨리스』 그림책 시리즈에서 하나씩 가져온 것이었다. 솔베리 박사나 유라 언니가 바흐를 연주할 때를 제외한다면 기독교 신앙은 이 건물에 머물지 않았다.

교회 종탑에서 보면 가시덤불에 자리 잡은 마을 전체가 보였다. 스웨덴 마을과 우리 마을은 모두 질투 호수 주변에 있었다. 마을 사이에는 솔베리 박사가 레테라고 이름을 붙인 강이 흘렀는데, 이 강이 우리에게 물과 전기를 공급했다. 언덕 저편엔 교회 마을과 스웨덴 사람들이 세운 부두, 그리고 교만 호수가 있었다. 질투 호수와 교만 호수는 교회에서 북쪽 7킬로미터 지점에서 거의 키스하듯 만났는데, 앞에서도 말했듯 그곳에서는 새 발전소 건설 준비가 한창이었다. 발전소 북쪽에 있는 텅 빈 삼각형 평원은 앞으로 우리 행성의 맨해튼이 될 예정이었다. 그리고 그 평원을 또 지나면 공항, 그러니까 링커 기계의 집이 있다.

가시덤불의 표면 80퍼센트는 자잘한 호수들이 거품처럼 가장자리에 붙은 열일곱 개의 거대한 바다로 덮여 있었다. 하나로 연결된 육지는 그들 사이에 가느다란 둑처럼 솟아 있어서 위에서 보면 행성은 거대한 축구공처럼 보였다. 우리 마을은 남위 30도 지점에 있었다. 내가 알기로 지금까지 지구인들이 발견한 행성 중 이렇게 생긴 곳은 가시덤불 하나뿐이었으며 어떻게 이런 지형이 만들어졌는지는 아무도 몰랐다.

나는 접이식 의자를 펼치고 앉아 잠시 종탑 아래의 풍경을 감상하다가 안경을 쓰고 다시 현실 세계, 그러니까 병원에서 쏟아져 나오는 데이터의 세계로 돌아갔다.

　내가 자는 동안 병원 사람들은 바쁘게 일하고 있었다. 아이의 몸을 스캔하고 상자의 데이터를 분석했다. 엄마는 새벽부터 불려 나가 새로 얻은 데이터를 바탕으로 아이에게 먹일 음식을 만들고 있었다. 상자에 1킬로그램 분량의 유동식이 남아 있었기 때문에 그리 어려운 작업은 아니었다.

　스캔 결과를 보니 아이가 외계인인 건 확실했다. 일단 골격이 우리가 아는 지구 척추동물과 전혀 달랐다. 뇌는 벌집 모양이었고 두 개의 심장은 두 개의 폐 밑에 하나씩 달려 있었다. 몇몇 장기들은 아직 기능이 온전하게 파악되지 않았다. 아, 그리고 아이의 발가락은 다섯 개가 맞았다. 단지 엄지발가락이 뒤로 가서 뒤꿈치가 되어 있었다.

　그동안 한서 아저씨는 상자를 집으로 가져가 연구했다. 상자는 작은 동물원이었다. 공기를 정화하고, 음식과 물을 공급하고, 배설물을 처리했다. 하지만 그 내부의 크기는 아이가 일어서지도 눕지도 못할 정도였다. 아저씨는 상자에서 약간 끔찍한 데이터를 찾아냈다. 이 상자는 표준 시간으로 1,501일 동안 열린 적이 없었다.

　우주선을 가져간 스웨덴 마을에서는 죽은 남자의 신원을 밝혀냈다. 목 피부 밑 인식표에 따르면 남자의 이름은 에르네스트 비고로, 프랑스 우주군의 과학 장교였다. 인식표의 기록이 업그레이드된 건 8년 전이 마지막이었다. 당시 비고는 쥘 베른 행성계의 궤도를 도는 프랑스 우주 전함 아로낙스에서 일하고 있었다. '우주 전함'이라고 하니까 멋지게 들리지만 기껏해야 지구에서 가져온 유닛들을 조립해 만든 굵은 빨대처럼 생긴 퓨전-펄스 드라이브 우주선에 불과했다.

"프랑스 우주군에서 외계인의 우주선과 조우한 게 분명해요."

한센 박사가 말했다.

"쥘 베른은 아닐지 몰라도 지구 밖 행성계 어딘가에서였겠죠. 링커 기계의 간섭이 상대적으로 적은 곳이요. 아이는 그 우주선의 유일한 생존자였을지도 몰라요."

"하지만 왜 지금까지 감추어졌던 거죠?"

유라 언니가 물었다.

"군대니까요. 그 사람들은 사고방식이 우리와 달라요."

"아무리 사고방식이 다르다고 해도 어린아이를 상자 안에 4년 동안 가둔다는 게 말이 되나요?"

"무언가 나쁜 일이 일어났겠지요. 아주 나쁜 일. 그게 뭔지는 모르겠어요. 하지만 에르네스트 비고의 상태를 보세요. 우주선의 상태를 보라고요. 무언가 끔찍한 일이 비고를 극단적으로 몰아간 게 분명해요. 그게 무엇이건."

나는 한센 박사가 말한 '나쁜 일'이 무엇인지 상상해 보려

했지만 잘 되지 않았다. 아무리 링커 우주선이 가이드해 준다고 해도 우주는 험악한 곳이며 인간들은 나약하다. 당연히 끔찍한 일들이 일어난다. 하지만 아무리 그렇다고 해도 덩치 큰 어른이 멀쩡한 어린애를 상자 안에 가두고 4년 넘게 방치해 두는 게 말이 되는가? 아, 물론 저 아이는 인간이 아닌 외계인이다. 외계 괴물인지도 모르지. 하지만 그래도!

잠시 방심한 사이 한센 박사의 주장이 이어졌지만 나는 대부분 놓쳐 버렸다. 다시 정신을 차렸을 때 박사는 결론을 내리고 있었다.

"……아름다움을 그렇게 쉽게 믿어서는 안 돼요. 에르네스트 비고는 그 뒤에 있는 무언가를 보았을지도 몰라요."

유라 언니와 한서 아저씨의 얼굴은 불만스러워 보였다. 하긴 스웨덴 사람들과 우리는 처음부터 완벽하게 딱 맞아떨어지지는 않았다. 내가 기억하기로 싸움이 난 적은 없었고 늘 서로에게 친절한 이웃이 되려고 노력했지만 한마음으로 편하게 어우러지는 사이는 아니었다.

그들이 스웨덴인이고 우리가 한국인이기 때문은 아니었다. 우리는 스스로 한국인이라고 생각해 본 적도 없었다. 어쩌다 보니 대부분이 한국인 혈통을 물려받았고 한국 이름과 한국어를 쓰고 있을 뿐이다. 유라 언니를 제외한다면 지구에 가 본 사람도 없었다. 유라 언니도 치료를 위해 기껏해야 일주일 정도 글래스고에 머문 게 전부였다. 어떻게 보면 가시덤불에서 가장 한국인에 가까운 사람은 우리가 아니라 아니카 한센 박사일 것이다. 남한에서 태어나 한 살 때 스웨덴으로 입양되었으니까. '바이러스를 한 포대 뒤집어쓴 외모'였던 유라 언니와 비교해도 한센 박사가 훨씬 한국인처럼 보였다.

아마 그들이 모두 '박사'이고 우리 모두가 대학 문턱 따위는 넘어 본 적도 없어서 그런지도 모른다. 그게 뭐냐고? 그러게. 스웨덴 사람들과 마찬가지로 우리는 모두 과학자이고 엔지니어이고 학생이다. 엄마? 영양학자이고 생물학자이고 조금은 의사이기도 하다. 한서 아저씨? 건축가이고 기계공학자이고 물리학자다. 유라 언니? 유라 언니에게 전문 분야가 아닌 영역이 있던가? 왜 우리가 대학에서 '박사'라는 명칭을 붙여 준 지구 노인네들에게 열등감을 느껴야 하나? 하지만 그럼에도 불구하고 두 마을 사이에는 출신이 만들어 낸 벽이 있었다.

유라 언니와 한센 박사의 토론은 끝날 줄을 몰랐고 나는 지겨워졌다. 안경을 조작해 포인트를 옮겼다. 솔베리 박사가 병원 앞 벤치에 앉아 사람들에게 뭐라고 떠들고 있었다. 그냥 지나치려 했는데, 손에 들고 있는 무언가가 반짝거리며 시선을 끌었다. 어제까지 아이가 입고 있던 옷이었다.

"처음엔 저도 옷인 줄 알았습니다. 옷처럼 보였으니까요. 『녹색의 장원』의 리마가 입었던 거미줄 옷 같았지요. 하지만 아니었습니다. 그냥 떨어져 나간 피부 조각에 불과했어요. 아이는 주기적으로 허물을 벗었고 벗은 허물의 일부분을 옷처럼 입었던 겁니다. 옷은 문화의 산물입니다. 하지만 이것도 그렇다고 할 수 있을까요?

아이의 완벽한 헤어스타일을 보았습니까? 깔끔하게 자른 앞머리는 막 미용 기계에서 나온 것 같죠. 이 역시 착시입니다. 아이는 지난 4년 동안 상자 안에 갇혀 있었으니까요. 에르네스트 비고가 상자 안에 미용 기계를 넣어 주었을 리도 없습니다. 이 인위적으로 보이는 헤어스타일은 사자의 갈기 모양처럼 처음부터 아이의 유전자 안에 내장되어 있었던 겁니다.

커다란 두뇌와 인간과 유사한 손만큼 제가 주목했던 건 소화 기관이었습니다. 그 기능에 대해서는 저도 완전히 아는 바가 없습니다. 하지만 아이의 소화 기관은 인간보다 작습니다. 아마도 이는 정제된 음식을 먹으며 진화한 결과인지도 모릅니다. 그건 문화를 암시합니다. 하지만 어쩌다 보니 그냥 우리보다 능률적인 소화 기관을 갖게 된 것인지도 모르죠. 아니면 출신 행성의 식량이 그냥 소화하기 좋았거나.

아이의 혀는 우리보다 얇은 편입니다. 입의 구조는 우리와 비슷하지만 혀를 놀려 말을 하기엔 좀 불편합니다. 그렇다면 아이는 인간과 같은 방식으로 말을 할 수 없다고 볼 수 있습니다. 하지만 아이의 언어는 우리와 전혀 다른 것일 수도 있습니다. 수화를 쓸 수도 있겠지요. 언어 자체가 없을지도 모르고.

도대체 우리가 아는 게 뭡니까. 아무것도 없습니다. 아이는 발달한 문화의 산물일 수도 있고, 그냥 우주 원숭이일 수도 있습니다. 중간이 있다면 발달한 문화를 누리는 존재의 애완용 원숭이일지도 모르죠. 우린 저 애가 이 중 어느 것인지 모릅니다. 곧 알아낼 수도 있지만 아직은 몰라요. 우리가 첫 번째 가설에 끌리는 건 단지 두 가지 이유 때문입니다. 아이가 우리와 닮았고 우리가 이해할 수 있는 아름다움을 갖고 있다는 것입니다. 우린 이 둘이 너무 반갑고 좋아서 아이를 과대평가하고 있는지도 모릅니다. 하지만 그래서는 안 됩니다.

가장 무서운 건, 우리와의 만남을 위해 일부러 저렇게 디자인되었을 가능성입니다. 전 이 가능성을 무시할 수 없다고 봅니다. 저 아이는 우리와 전혀 다른 지성체가 만들어 보낸 일종의 중간자적 존재일 수도 있는 겁니다. 아이의 외모 자체가 의사소통의 일부인 것입니다. 그렇다면 그 지성체는 이미 우리에 대해 어느 정도 알고 있을 겁니다. 저 아이의 몸에 우리가 감지할 수 없는 통신 장치가 숨겨져 있고, 그걸 통해 아이를 감시하고 있을지도 모르죠. 그런데 아이는 무슨 일을 겪었나요? 4년 동안 팔다리도 펼 수 없는 상자 안에 감금되어 있었습니다. 비열하고 잔혹한 아동 학대를 겪은 것입니다. 그렇다면 그 존재는 우리를 어떻게 생각할까요? 우린 그 존재를 어떻게 대비해야 할까요?"

나는 다시 포인트를 옮겨 아이가 있는 병실로 클릭해 들어갔다. 아이는 이제 팔다리를 접어 올린 병원 옷을 입고 테이블 앞 의자에 앉아 있었다. 사람들이 테이블 위에 가져다 놓은 벅스 버니 인형을 만지작거리고 쓰다듬는 그 모습이 너무나도 정상적이고 인간적이라 나에겐 솔베리 박사가 진지하게 던졌던 '우주 원숭이' 가설이 그냥 공허하게 들렸다.

하지만 크게 보면 박사의 말이 맞았다. 지구에서 몇천 광년 떨어진 곳에서 만난 외계 생물이 이렇게 인간처럼 보이는 것은 정상이 아니었다. 유사성의 이유를 연구하는 건 당연한 순서였다. 비록 그 모든 것을 절묘한 수렴 진화라 결론짓는다고 해도.

나는 안경을 벗었다. 코트 주머니에서 잘게 썬 효모 고기와 볶은 수초가 든 샌드위치를 꺼내 한 입 물어뜯고 종탑 밑 풍경으로 시선을 돌렸다. 북쪽에서 몰려오는 회색 구름에 하늘이 어두워졌다. 하지만 일기 예보에 따르면 오후 5시까지는 비가 오지 않을 거라고 했다.

멀리서 노랫소리가 들렸다. 공항에서 날아오른 두 마리의 아자니가 구애 행위라도 하는 것처럼 서로의 주변을 돌면서 교회 쪽으로 다가오고 있었다. 둘은 느릿느릿 교회를 한 바퀴 돌더니 갑자기 속도를 높여 교만 호수 쪽으로 날아갔다. 호수에 도착한 그들은 수면에 꼬리가 거의 스칠 것 같은 높이에서 피겨 스케이터처럼 원과 8자를 그렸다. 모든 링커 우주선과 링커 기계 중 오로지 아자니들만이 유산 계급의 아이들처럼 한가하게 굴었다. 여기에 어떤 의미가 있다고 믿는 사람들도 있었다. 다른 우주선과 기계들이 아자니의 하인에 불과하다든지. 하지만 인간의 기준을 링커 세계에 적용하는 순진무구한 태도는 위험했다.

마지막 샌드위치 조각을 버섯차와 함께 넘기려고 하는데, 이상한 것이 눈에 들어왔다. 수백 마리의 웨인들이 이 열 종대로 교만 호숫가를 행진하고 있었다. 안경으로 세어 보니 350마리가 넘었다. 저 정도면 이 행성 웨인의 3분의 2에 해당되었다. 지금까지 웨인들이 저렇게 많이 모여 있는 건 본 적이 없었다. 가시덤불의 올리비에는 게으른 묵상가였고 웨인들은 이곳저곳에 흩어져 광물을 채집하는 것 외에는 하는 일이 별로 없었다.

호수에서 놀던 아자니들이 갑자기 수직 상승해서 구름 저편으로 사라져 버렸다. 착각인지 모르겠지만 그와 함께 북동쪽 하늘이 살짝 밝아진 것 같았다.

5

내가 별이를 처음 마주한 날에 대해서

나는 그 아이를 이틀 뒤에나 직접 볼 수 있었다. 아이가 외출 허락을 받았던 날이었다. 그동안 아이는 병원 사람들의 도움 아래 걸음마를 연습했는데, 처음에는 제대로 서지도 못했던 아이가 바로 다음 날에는 자주 넘어질지언정 두 발로 걸을 수 있었다. 병원 밖으로 첫발을 내디뎠을 때 아이의 걸음 실력은 상당히 좋아진 편이었다. 그래도 아이 뒤에는 유라 언니와 한센 박사가 그림자처럼 따라다녔고 그 뒤에는 미나 언니와 주호 아저씨가 그림자의 그림자처럼 붙어 다녔다.

아이는 소매와 바짓단을 접은 병원 옷 대신, 안희 아저씨가 사흘 낮밤과 예술혼을 통째로 갈아 만든 초록색 원피스를 입고 그와 색을 맞춘 구두를 신고 있었다. 구두는 아이의 특이한 발 모양과 걸음걸이에 맞추어 컴퓨터로 특별히 디자인한 것이었다. 아이는 천천히 눈을 껌뻑이며 몰려드는 사람들을 한 명씩 올려다보았고 가끔 구름 틈 사이로 햇살이 들어오면 한 손으로 눈 위에 차양을 만들고 얼굴을 찡그렸다.

"네 동생이야. 수인아, 이름을 지어 줄래?"

유라 언니가 말했다.

"별이."

내가 말했다.

그건 세상에서 가장 논리적이고 심심한 답변이었다. '별이'는 가분수 로봇들이 배우로 나오는「몰라몰라 별의 비밀」이라는 한국어 어린이 프로그램의 캐릭터 중 한 명이었다. 별이는 다섯 명의 친구들과 몰라몰라 행성의 궤도를 도는 스테이션에 살면서 매회 행성 이곳저곳을 탐험하는 환상적인 모험을 했지만 시청자들은 단 한 번도 그 아이를 볼 수 없었다. 아이는 주로 다른 친구들의 대화 속에서 언급되었고 같은 공간에 있을 때도 프레임 밖으로 밀려났으며 목소리는 늘 다른 소음에 묻혔다. 수많은 시청자들이 별이의 상상화를 그렸고 나 역시 한동안 그랬다. 그 어떤 것도 내 눈앞에 나타난, 숲의 요정 같은 외계인을 닮지 않았지만.

유라 언니는 실망한 것 같았다. 별이 같은 무난한 이름 대신 아이의 아름다움에 어울리는 이국적이고 신비스럽고 거창하고 비실용적인 이름을 원했던 것이리라. 하지만 유라 언니가 항의하기도 전에 엄청난 일이 일어나고 말았다.

"별이."

처음에는 다들 나인 줄 알았다. 내 목소리였으니까. 나는 이 행성에서 그런 어린애 목소리로 말을 하는 유일한 존재였으니까. 하지만 내가 아니었다. 그 목소리는 아이에게서 나오고 있었다. 아이의 입술은 거의 움직이지 않았지만 '별이'라는 그 말은 분명 아이의 입에서 흘러나왔다.

"별이."

내 목소리가 다시 그 아이의 입에서 흘러나왔다. 여전히 아이의 입술은 거의 움직이지 않았다. 하지만 입 주변의 근육이 모양을 바꾸었고 아이의 드러난 목이 살짝 움직이는 것 같았다.

아이를 찍은 동영상들이 공유되었고 그것들은 모두 스캔 자료와 함께 분석되었다. 4분 만에 답이 나왔다. 아이의 발성 기관은 대부분 목 안에 있었고 입은 공명기 역할밖에 하지 않았다. 혀가 그렇게 얇았던 것도 이제 이해가 되었다. 인간이 말을 할 때 혀가 하는 역할을 목 안에 있는 발성 기관이 하고 있었던 것이다. 그리고 그 기관은 한번 들은 남의 목소리를 녹음기처럼 정확하게 옮길 수 있을 정도로 정교했다.

"별이야, 다시 한번 말해 볼래?"

흥분한 유라 언니가 아이 앞에서 무릎을 꿇고 말했다. 아이는 잠시 알 수 없는 표정으로 유라 언니를 쳐다보더니 입을 살짝 벌리고 말했다.

"말해 볼래?"

유라 언니의 정확한 성대모사였다.

뒤에서 삐딱하게 서서 조금 재수 없는 미소를 짓고 있던 솔베리 박사가 스웨덴어로 뭐라고 중얼거렸다. 무슨 말인지는 못 알아들었지만 짐작이 갔다. 아이는 말을 할 수 있었지만, 아무리 발음이 정확하다고 해도 그건 앵무새의 흉내와 다를 게 없었다.

흥분한 사람들이 주변에 몰려들어 아이에게 말을 걸었다. 아이는 그중 몇 마디를 흉내 내다 조금 겁을 먹었는지 유라 언니 옆으로 달라붙어 언니의 코트에 얼굴을 묻었다. 유라 언니가 성난 얼굴을 하고 손짓하자 사람들은 사방으로 흩어졌다. 나는 모른 척 남았다. 그래도 될 것 같았다.

코트에서 얼굴을 떼고 주변을 두리번두리번 돌아보던 아이의 시선이 나에게 고정되었다. 구두를 신고도 키가 120센티미터에 못 미치는 그 아이가 제대로 눈을 맞출 수 있는 건 나뿐이었다. 기회라고 생각한 나는 대화를 시도해 보기로 했다. 나는 아이와 나를 차례로 가리키며 천천히 말했다.

"별이. 수인."

아이는 잠시 멀뚱멀뚱 나를 쳐다보다 내 목소리로 그 말을 그대로 따라 했다. 나는 이번엔 유라 언니와 한센 박사를 손가락으로 가리키고 말했다.

"유라. 아니카."

이번에도 정확한 성대모사가 돌아왔다. 하지만 아이가 이름의 개념을 알고 있는지, 자신의 이름이 별이인 걸 알고 있는지는 아직 알 수 없었다. 성대모사를 하는 동안에도 아이의 눈은 내 얼굴에 고정되어 있었던 것이다.

그때까지 뒤에서 투덜거리고 있던 솔베리 박사가 태블릿을 들고 우리에게 다가왔다. 모든 사람들의 관심이 아이에게 집중되어 있었기 때문에 박사가 직전까지 무엇을 하고 있었는지 아는 사람은 아무도 없었다. 지금 와서 생각해 보면 태블릿에 자기 목소리를 녹음한 뒤 아이에게 들려주고 그 차이를 구별시키려 했던 게 아닌가 싶다.

하지만 그 실험은 이루어지지 못했다. 갑작스럽게 나타난 솔베리 박사의 모습에 아이는 움츠러들며 유라 언니의 벌어진 코트 속으로 숨었다. 솔베리 박사는 태블릿을 보여 주기 위해 코트를 살짝 벌렸는데, 아이가 움찔하는 바람에 실수로 엉뚱한 걸 눌렀는지 태블릿이 번쩍거리면서 알람음을 냈다. 아이는 작은 비명을 지르며 두 손으로 눈을 가렸다. 난처해진 솔베리 박사가 태블릿을 뒤로 감추고 물러나려 했다.

그때 아이가 굵은 남자 목소리로 무언가 외쳐 대기 시작했다. 무슨 뜻인지 알 수 없었다. 프랑스어였고 주변에 불어를 할 줄 아는 사람은 한센 박사밖에 없었으니까. 하지만 녹음된 소리는 금방 통역기를 거쳤기에 우린 새파랗게 질린 한센 박사에게 도움을 요청할 필요가 없었다. 통역기가 계속 깜빡거리면서 번역을 수정했기 때문에 우린 아이가 한 말이 번역이 거의 무의미한, 험악하기 짝이 없는 욕이라는 사실을 알 수 있었다.

에르네스트 비고의 유령이 아이를 영매 삼아 튀어나온 것이다.

6

별이의 정상성에 대해서

모든 것이 정상적으로 돌아갔다면 가시덤불은 은하계 전체
는 아니더라도 코리안 루트에서 가장 유명한 행성이 되어 역
사에 길이 남아야 했다. 별이가 병원에서 나온 날부터 일주일
만 더 기다리면 우리가 리트뱌크-4라고 분류명을 붙인 가르
보가 허클베리 행성계에서 아자니들을 끌고 가시덤불 궤도에
도착할 예정이었다. 우린 별이의 정보를 아자니를 타고 온 장
사치들에게 풀 계획이었고 그 뉴스는 리트뱌크-4의 다음 도
착지인 아르카디아, 보위, 제분 니사, 낭기열라 행성계를 거칠
게 분명했다. 제분 니사-2는 거대한 공항을 다섯 개나 가진 분
주한 허브였고 코리안 루트와 브라질리언 루트의 중요한 행
성들에 소식이 퍼지는 것은 시간문제였다. 심지어 우린 표준
시간으로 3개월 안에 그 뉴스가 지구까지 도착할 거라는 계산
을 하고 있었다.

가시덤불 사람들이 고민했던 것은 어떻게 별이를 독점하느냐가 아니라, 어떻게 우리 품 안에서 보호하느냐였다. 둘은 비슷하게 들리지만 달랐다. 두 마을을 합쳐서 총인구가 150명도 못 되는 작은 식민지 주민인 우리가 별이를 위해 할 수 있는 일은 거의 없었다. 무엇보다 별이는 (그 짜증 나는 자코메티를 뺀다면) 지구인과 만난 최초의 외계인으로, 결코 어설프게 맞을 손님이 아니었다. 당연히 보다 문명화된 다른 행성에서 온 진짜 전문가들의 도움이 필요했다. 하지만 우리는 행성의 주인으로서 최소한의 권리까지 빼앗길 생각은 없었다. 별이는 우리 행성에 남아 우리의 보호를 받아야 했다.

지금 생각해 보면 다 쓸데없는 걱정이었다.

처음에 리트뱌크-4가 아자니들을 풀지 않고 궤도 위의 디트리히에서 잠시 머물다 아르카디아로 날아갔을 때만 해도 별생각이 없었다. 그 정도 일은 전에도 종종 일어났다. 하지만 3개월 동안 공항에 착륙하는 아자니는 한 마리도 없었고, 걱정이 일기 시작했다. 이제 리트뱌크 시리즈의 가르보들은 더 이상 우리 행성계를 찾지 않았다.

무시무시한 단어 하나가 유령처럼 마을을 맴돌았다. '차단'.

링커 우주선을 타고 고향을 떠나 다른 행성으로 진출하는 사람들은 모두 차단을 염두에 두어야 했다. 링커 우주선은 우리에게 어떤 책임도 없었고 언제라도 우리를 받아들이지 않을 수 있었다. 공항의 올리비에도 보험이 될 수 없는 건 마찬가지였다. 툭하면 몇십 년 동안 묵상에 들어가도 이상할 게 없는 놈들이었다. 무엇보다 가시덤불은 이미 30년의 차단 경험을 가지고 있었다. 차단이 다시 일어난다고 해서 이상할 건 전혀 없었다. 처음부터 원래 그런 곳이었는지도 몰랐다.

차단된다고 죽을 걱정은 없었다. 엄마에 따르면 가시덤불은 '맛없지만 배부른' 행성이었다. 다양성은 부족했지만 자원을 구하기는 쉬웠다. 무엇보다 식민지 건설의 첫 번째 목표는 차단에 대비해 최소한의 자급자족 능력을 갖추는 것이었고 가시덤불 식민지는 오래전에 그 시험을 통과했다. 다른 행성의 도움을 받지 않는다고 우리가 당장 굶어 죽거나 얼어 죽는 건 아니었다.

아쉬운 건 다른 종류의 사치였다. 더 이상 다른 세계에서 오는 뉴스를 들을 수 없었다. 도서관 큐브에 담겨 오는 최신 오락물도 포기해야만 했다. (「몰라몰라 별의 비밀」의 새 에피소드를 더 이상 볼 수 없다니!) 한참 진행 중이던 두 번째 발전소 건설도 중단해야 했다. 아직 자체 생산이 불가능한 제작기용 금속 가루 같은 원재료도 얼마 남지 않았기 때문에 최대한 아껴 쓰며 대안을 찾아야 했다.

두려운 건 이 차단이 무작위가 아닐 가능성이었다. 인류가 최초로 외계 문명과 조우했을지도 모르는 이 순간, 갑자기 차단이 일어난 게 과연 우연일까? 링커 기계와 우주선들이 일부러 각 문명의 만남을 막고 있고 이런 사고가 일어날 때마다 적

극적으로 개입한다면? 그리고 그 개입의 결과가 크로아토안이라면?

그래도 초반에는 두려움보다 갑갑함이 더 컸던 것 같다. 역사에 남을 발견을 했는데, 그 사실을 이웃들에게 알리지 못한다는 갑갑함. 크로아토안에 대한 두려움보다는 일을 망칠지도 모른다는 두려움이 더 컸다.

그 두려움은 아이가 도착한 지 한 달 뒤 마을 모임에서 유라 언니가 엄마에게 내뱉은 한탄으로 요약할 수 있었다.

"저 애한테 뭐가 정상인지 우리가 어떻게 알죠?"

우리의 시선은 모두 별이를 향했다. 1960년대 스타일의 파란 원피스를 입고 변형된 메리 제인 구두를 신은 아이는 왼손에 자살나무 셔벗을 들고 특유의 위태로우면서도 우아한 걸음걸이로 테이블 사이를 뛰어다녔고 안희 아저씨의 욕심 때문에 엉겁결에 같은 옷의 핑크색 버전을 세트로 입게 된 내가 그 아이의 뒤를 쫓고 있었다. 별이가 초록색이라는 사실을 잊는다면, 그 아이와 내가 똑같은 목소리로 대화를 주고받고 있다는 사실을 무시한다면, 그건 평범하기 짝이 없는 광경이었다.

그 평범함 속에는 수많은 비정상이 숨어 있었다. 우선 아이의 언어가 그랬다. 아이가 도착한 지 한 달밖에 지나지 않았는데도 우린 별이와 상당한 수준의 의사소통이 가능했다. 하지만 별이의 언어는 우리의 것과는 많이 달랐다. 아이는 마치 녹음기처럼 자기가 들은 말들을 목소리와 어조, 심지어 그사이에 섞인 말더듬과 기침까지 정확하게 기억했고 필요할 때 써먹었다. 한국어, 영어, 스웨덴어를 쓰는 수많은 사람들의 목소리가 아이의 입에서 튀어나왔다. 가끔 프랑스어도 나왔는데, 대부분 욕이나 저주, 탄식이었다. 프랑스어 단어에는 최소한 세 사람의 목소리가 섞여 있었고 그중 한 명은 여자였다. 우린 가장 많은 비중을 차지하고 가장 심한 욕을 하는 남자 목소리가 에르네스트 비고라는 사실을 시체를 스캔해 확인했다.

기초적인 어휘에는 아무 문제가 없었다. 별이는 목이 마를 때 유라 언니의 목소리로 "이것은 물."이라고 말했고 배가 고프면 엄마 목소리로 "You are hungry as."라고 말했으며 피곤하거나 자고 싶을 때는 한센 박사의 목소리로 "Känner dig sömnig.✝"이라고 말했다. 뜻은 어긋났지만 알아들을 수 있는 말도 있었다. 안휘 아저씨 목소리로 "참 예쁘다."라고 말할 때는 기분이 좋다는 뜻이었다. 같은 단어가 목소리에 따라 다른 의미를 갖는 경우도 있었다. 유라 언니 목소리의 "Come here."는 말 그대로 이리 오라는 말이었지만 같은 말이라도 솔베리 박사의 걸쭉한 바리톤으로 읊으면 '네가 부르건 말건 난 안 간다. 약 오르지.'라는 뜻이었다. 적어도 우리는 그렇게 이해했다.

하지만 이해할 수 있는 말은 3분의 1 정도에 불과했다. 예를

✝ (스웨덴어) 졸리다고 느낄 때.

들어 별이는 종종 정확히 구별되지 않는 여자 목소리로 "트위티, 트위티, 나도 몰랐지. 너도 몰랐지."라는 혼잣말을 했는데, 이 말을 어디서 들었는지, 어떤 의미로 사용하는지는 아무도 몰랐다. 단 한 명뿐인 개신교인 요섭 아저씨 앞으로 뛰어나와 요섭 아저씨의 목소리로 "떨기나무에 불이 붙었으나 그 떨기나무가 사라지지 아니하는지라."라고 말했을 때는 모두가 놀랐다. 요섭 아저씨는 결코 다른 사람에게 종교 이야기를 하지 않았고 성경 역시 집에서 혼자만 읽었다. 만약 몰래 지나가면서 읽는 걸 들었다고 쳐도 왜 그 긴 문장을, 그것도 우리 행성 이름과 밀접하게 연결된 것을 골랐던 걸까. 아이의 어휘가 점점 늘고 인용하는 문장이 길어질수록 우린 점점 더 그 뜻을 이해할 수 없었다.

하지만 유라 언니가 한탄했던 건 별이의 다소 난처한 습관이었다. 별이의 어휘집에 따르면 '산쇼룬'. 즉 자위행위였다. 아이는 아무 데서나 거리낌 없이 자위행위를 했고 이 버릇은 쉽게 고쳐지지 않았다. 이 버릇이 더 난처했던 이유는 아이가 이를 일종의 사교 행위로 이해했기 때문이다. 옆에 나란히 앉아 「몰라몰라 별의 비밀」을 보던 별이가 너무나도 자연스러운 태도로 내 치마 밑에 손을 넣었던 때가 잊히지 않는다. 나는 비명을 질렀고 아이는 어리둥절한, 적어도 내가 그렇게 읽은 표정을 지으며 손을 뺐다. 그리고 아무 일도 없었다는 듯 「몰라몰라 별의 비밀」 감상으로 돌아갔다.

인간 아이라면 어떻게든 고치려고 노력했을 것이다. 하지만 외계인 아이의 경우, 어느 기준을 적용해야 할지 알 수 없었다. 별이에게 우리 식의 예절을 강요하는 것이 올바른 일일까? 보노보의 사회가 그렇듯 그 아이가 살던 세계에서는 이런 게 그냥 아침에 마시는 커피 한 잔이거나 가벼운 인사일 수도 있다. 만약 우리가 자위행위라고 생각하는 것에 다른 의미와 기능이 있고 이를 막을 때 아이의 몸과 정신에 무언가 잘못된 일이 일어난다면? 우린 어느 기준에 맞추어 저 아이를 키워야 할까? 이 아이는 무엇이 정상인 세계에서 왔고, 그 세계 기준으로 얼마나 정상인 걸까?

더 고민되었던 이유는 별이가 이 행위를 우리로부터 훔친 어휘가 아닌 자기만의 단어로 불렀기 때문이었다. 우리 중 어느 누구도 아이에게 자위행위가 무엇인지 가르치지 않았으니 우리말을 훔치기도 어려웠다. 별 의미가 없을 수도 있었다. 그냥 자기 멋대로 붙인 아기 말이었을 수도 있다. 하지만 우린 이 단어가 외계어의 일부일 가능성도 염두에 두어야 했다. 그게 사실이라면 '산쇼룬'은 아이가 소중하게 지켜야 할 무언가일 수도 있다.

고민은 계속 이어진다. 우리는 별이가 여자아이인지도 확신할 수 없었다. 우리 눈에는 정말로 예쁜 여자아이처럼 보였다. 하지만 그건 우리의 편견 때문인지도 모른다. 별이는 남자아이일 수도 있었고 성별이 의미 없거나 우리가 해석조차 할 수 없는 존재일 수도 있다. 물론 여자아이라고 해도 우리가 아는 지구인 여자아이와는 다른 존재일 수 있었다. 이런 상황에서 별이를 지구인 여자아이처럼 다루는 게 과연 옳은 일일까?

입장은 둘로 나뉘었다. 유라 언니는 최대한 조심하면서 아이를 본성에 가깝게 키워야 한다는 쪽이었다. 솔베리 박사는 반대파에 속했다. 아이가 어느 세계에서 왔고 본성이 무엇인지 알아내는 것은 지금으로서는 불가능하고 그런 데에까지 신경을 쓰다가는 아무 일도 할 수 없다는 것이 그의 주장이었다.

표면상으로는 그럴싸한 의견이었지만 여기에는 보다 깊은 생각이 숨어 있었다. 솔베리 박사는 아직도 별이가 자연스러운 생물체라고 생각하지 않았다. 그는 아이에게 '본성'이나 '고향'이 있다고도 믿지 않았다. 모든 방법을 총동원해서 아이와 의사소통을 시도하는 동안 아이를 보낸 존재의 '진짜' 의도를 읽는 것이야말로 그가 진정 원하는 것이었다.

7

중간 휴식: 두 스웨덴 학자의 모험

    당신은 아마 호숫가를 따라 북동쪽으로 사라진 웨인 군대에 대해 내가 까맣게 잊어버렸다고 생각할 것이다. 사실을 말하면 그렇다. 하지만 그건 이야기꾼의 실수였을 뿐, 이런 비정상적인 일이 사람들의 시선을 끌지 않고 묻히는 일은 없었다. 웨인은 언제나 우리를 공격할 수 있는 위험한 존재였고 우리는 늘 그들을 관찰했다.

    내가 교회 마을에서 내려와 자전거 페달을 밟는 동안에도, 이미 두 스웨덴 사람이 웨인의 뒤를 쫓고 있었다. 그들의 이름은 마르틴 리예베리와 요나스 헤셀만이었고 모두 가시덤불 대륙 생성 과정 연구의 최고 권위자들이었다. 그건 이 연구를 하고 있는 과학자가 전 우주에 그들 둘뿐이라는 걸 의미하기도 했다.

    웨인을 추적하는 것은 쉬운 일이 아니었다. 웨인들은 평균

시속 6킬로미터로 움직이고 있었는데, 그건 인간이 두 발로 추적하기에는 조금 빠른 속도였다. 물론 웨인은 잠도 자지 않았고 휴식도 필요 없었다.

리예베리와 헤셸만 박사가 요청한 비상용품과 접이식 전기 자전거 두 대가 드론 네 대로 배달된 뒤에는 추적이 좀 편해졌다. 그 뒤로는 드론들이 곧장 군대를 추적하기 시작했으니 둘은 그냥 돌아가도 상관없었다. 하지만 웨인 군대의 이상 행동은 그들의 관심을 끌었고 그들은 이 광경을 끝까지 맨눈으로 관찰하고 싶어 했다. 하늘에서 떨어진 외계인 아이도 궁금했지만 어차피 그들이 병원 주변에서 할 수 있는 일은 아무것도 없었다.

이틀째 되던 날, 웨인 군대는 3번 광산에 도착했다. 링커 기계들은 그곳에서 자철광을 뽑아 쓰고 있었다. 매장량은 상당했지만 우리에게는 별 필요가 없었다. 안나 볼레나가 교만 호수 바닥에서 훨씬 품위가 높은 적철광을 긁어 올 수 있었던 것이다. 링커 기계들은 물을 싫어했으니 모두에게 좋은 일이었다.

3번 광산에서 군대는 복잡해졌다. 이제 50마리 정도의 기네스가 군에 합류했다. 이 정도면 광산에 있던 기네스의 90퍼센트에 해당했다. 그리고 이 웨인과 기네스는 모두 광산에서 기네스들이 직접 만든 정체불명의 기계 부속들을 짊어지고 있었다.

나흘째 되던 날, 행군이 멎었다. 링커 기계들이 멈춘 곳은 넓고 평평한 풀밭을 제외하면 그리 특별할 것 없는 평범한 호숫가였다. 한동안 풀밭에 얼어붙은 것처럼 서 있던 기계들은 갑자기 복잡한 매스 게임이라도 하는 것처럼 자리를 바꾸었다. 자리 바꾸기가 끝나자 링커 기계들은 일제히 부품들을 바닥에 떨구었다. 웨인들은 뒤로 빠졌고 기네스들이 남은 기계 부속들을 조립하기 시작했다.

　한숨 돌린 리예베리 박사와 헤셀만 박사는 (스웨덴 마을 사람들이 모두 그렇듯 그들도 박사였다. 둘 중 어느 쪽도 지질학 전공이 아니었지만.) 오래간만에 씻고 따뜻한 음식을 먹으면서 부품들이 조립되는 과정을 관찰하고 기록했다.

　날이 저물었고 가시덤불의 가장 큰 달인 마태가 교만 호수의 붉은빛을 머금고 떠올랐다. 마태는 지구 달의 4분의 3 정도로 컸지만 아직 조석 고정이 되어 있지 않았고 궤도도 불안한 타원형이었기 때문에 이곳 과학자들은 비교적 최근에 사로잡힌 소행성이라 생각하고 있었다.

　그들이 호수의 이상 현상을 눈치채지 못했던 것도 마태의 빛 때문이었다. 하지만 관찰력이 조금 더 예민한 헤셀만 박사가 호수의 빛이 조금씩 바뀌고 있다는 사실을 눈치챘다. 측정해 보니 사실이었다. 호수는 대략 표준시간 3분 20초에서 4분 간격으로 껌뻑이고 있었다. 호수 아래 그들이 모르는 거대한 무언가가 빛을 내고 있었다. 인공적인 것인지, 자연 현상인지는 알 수 없었다. 인공적이라고 보기에는 주기가 정확하지 않았고 이것이 새로운 현상인지도 확신할 수 없었다.

그다음 날, 그들이 만드는 기계의 모양이 어느 정도 잡혀 갔다. 물방울 모양의 몸체에 세 개의 지느러미가 달린 버스 크기의 탈것이었다. 호수가 대부분을 차지하는 행성에 몇십 년을 머물러 왔음에도 불구하고 단 한 번도 그 안에 들어갈 생각을 안 했을 만큼 물을 싫어하던 기계들이 허겁지겁 잠수함을 만들고 있었던 것이다.

기계가 완성되려면 이틀은 더 걸릴 것 같았다. 그리고 그들은 스웨덴 마을로부터 겨우 400킬로미터밖에 떨어져 있지 않았다. 교만 호수를 직선으로 가로지른다면 300킬로미터도 채 되지 않았다. 웬만한 물건이라면 몇 시간 안에 마을에서 드론으로 가져올 수 있다는 뜻이었다. 그리고 안나 볼레나에 이미 성능 좋은 원격 조종 미니 잠수정과 잠수 장비가 갖추어져 있었다.

배달된 잠수정으로 호수 아래 빛이 났던 지점을 뒤져 보았지만 특별한 것은 없었다. 보이는 건 산화철로 붉게 물든 진흙 탕과 그 사이로 삐져나온 붉은 수초, 그들 위에 고인 붉고 흐린 물뿐이었다. 잠수복을 입고 직접 들어가 보았지만 마찬가지였다. 물속과 물 밖에서 다시 측정해 보니 껌뻑임은 멎어 있었다. 그들이 제대로 훈련받은 전문가였다면 이를 놓쳤을 리가 없겠지만 앞에서 말했듯 두 사람 모두 경험이 부족했다. 지구를 떠나기 전에 리예베리 박사는 이론 물리학자였고 헤셀만 박사는 셀마 라겔뢰프와 카린 보위에의 평전을 쓴 문학 연구가였다.

두 아마추어가 교만 호수의 붉은 물과 싸우는 동안 날이 어두워졌다. 어제보다 조금 홀쭉해진 마태가 호수 위에 떠올랐다. 한 시간 반쯤 뒤에 다시 호수가 껌뻑였다. 두 사람은 허겁지겁 잠수정을 물속에 밀어 넣었다. 하지만 이번에도 대단한 소득은 없었다. 분명 컴퓨터가 계산한 광원 지점에 잠수정을 보냈는데, 잠수정이 보내온 정보는 그 부근의 물이 밝아졌다, 어두워졌다를 반복한다는 사실뿐이었다. 그리고 그 껌뻑거림은 새벽 2시 무렵부터 서서히 사그라져 갔다. 그 전날은 3시 무렵이었다.

다음 날, 헤셀만 박사에게 한 가지 아이디어가 떠올랐다. 어차피 두 사람이 가장 궁금했던 건 호수의 이상 현상이 링커 기계의 이상 행동과 연결되어 있느냐는 것이었다. 그럼 물속 껌뻑임과 연관되어 링커 기계들이 어떻게 행동하는지를 관찰해 보면 어떨까?

두 사람은 드론에 녹화된 이틀 치 파일을 안경으로 받아 둘을 비교했다. 잠수함을 만드느라 바쁜 기네스들은 별 차이가 없었지만 근처에서 작은 바위를 파서 굴려 오는 것 이외엔 별할 일이 없었던 웨인들은 물이 껌뻑일 때마다 조금씩 반응을 보였다. 껌뻑이는 주기에 맞추어 살짝 움찔움찔. 헤셀만 박사는 겁을 먹거나 분노한 것 같다고 생각했지만 리예베리 박사는 그게 지나친 의인화라 여겼다. 두 사람의 의견 차이를 줄이려면 보다 정교한 관찰이 필요했다.

그러나 링커 기계들이 한발 빨랐다. 예상과 달리 해가 질 무렵 잠수함을 완성한 것이다. 하긴 그렇게 복잡할 것도 없는 기계였다. 링커 기계들에겐 산소도, 온도 조절도 필요 없으니까.

열두 마리의 웨인과 네 마리의 기네스가 잠수함으로 들어갔고 나머지 웨인들이 잠수함을 밀었다. 잠수함은 기네스 두 마리가 미리 파 놓은 진흙 미끄럼 길을 따라 호수로 들어갔다. 잠시 호수 위를 떠돌던 잠수함은 해가 완전히 지고 마태의 빛이 호수를 밝히자 침몰하듯 신속하게 물속으로 가라앉았다.

헤셀만 박사가 호수 아래를 구경하는 웨인들을 안경으로 찍는 동안, 리예베리 박사는 다시 잠수정을 풀었다. 이제 네 개의 가느다란 팔을 펼치고 광원을 향해 헤엄치는 링커 잠수함을 잠수정이 뒤따랐다.

그리고 무슨 일이 일어났다.

이렇게 애매모호한 표현을 쓴 건 그 '무슨 일'을 정확하게 설명할 수 없기 때문이다. 링커 잠수함은 호수 아래에서 무언가와 마주쳤고 그 안에서 무언가를 했다. 그리고 안나 볼레나의 잠수정이 그 장면을 모두 찍긴 했는데, 그게 도저히 설명이 안 되었다. 잠수정이 보내온 스테레오포닉 영상은 구체적인 모양을 전혀 알 수 없는, 움직이는 추상화에 가까웠다. 주황,

빨강, 파랑, 초록이 정신없이 섞여 있는 난장판. 그런 난장판이 16분 31초 동안 계속되다가 픽 끊어져 버렸다.

잠수정을 잃어버린 두 사람은 넋을 놓고 호수를 바라보았다. 호수는 여전히 3분에서 4분 주기로 껌뻑이고 있었고 호수 밖에서 보면 그전과 크게 다를 것도 없었다. 그리고 새벽 1시 반쯤에 조용히 잦아들었다.

다음 날 아침 8시 30분, 링커 잠수함이 조용히 떠올랐다. 특별히 망가진 것 같지도 않고 대단한 전투를 치른 것 같지도 않았다. 호숫가로 밀려온 잠수함은 한 손에 들고 있던 망가진 잠수정을 풀밭에 집어 던졌다. 다섯 마리의 웨인들이 달려와 그 고장 난 장난감을 부지런히 해체하기 시작했다.

리예베리 박사와 헤셀만 박사는 조용히 후퇴했다. 링커 잠수함의 행동은 그들을 향한 경고가 아닐 수도 있었지만 경고일 가능성을 과소평가해 목숨을 날릴 생각은 꿈에도 없었다. 두 사람은 지금까지 드론들이 남겨 놓은 물건을 절반 정도 두고 전기 자전거로 퇴각했다. 공물 정도로 여겨 주길 바라면서. 최고 속도로 달린 그들은 자정 전에 스웨덴 마을에 도착했다.

스웨덴 마을에서는 드론으로 그 지역을 계속 감시했지만 호수 껌뻑임은 더 이상 발생하지 않았다. 링커 잠수함이 그 현상의 원인을 차단한 것인지, 아니면 다른 무슨 일이 일어난 것인지는 아무도 알 수 없었다. 두 박사가 가져온 정보도 별 도움이 되지 않았다. 해석할 수 없는 건 여기나 저기나 마찬가지였던 것이다.

두 사람은 다시 한번 제대로 연구해야 한다고 입을 모았지만 한센 박사는 그 요청을 단칼에 거절했다. 이미 링커 기계들이 교만 호수 주변에 성을 쌓고 있었으니 그곳은 이제 공식적으로 그들의 영역이었다. 잠수함까지 있으니 근방의 호수도 그들의 영역이라고 보는 게 안전했다. 드론으로 잠수정을 호수에 떨구고 마을에서 원격 조종을 하겠다는 안도 마찬가지로 기각이었다. 안나 볼레나의 잠수정은 결코 쉽게 만들 수 있는 기계가 아니었다. 실패로 끝날 게 뻔한 호기심 충족을 위해 그 아까운 기계를 또 날려 버릴 수는 없었다. 제작기를 쓰지 않고 직접 만들어 보내겠다는 아이디어는 통과되었지만, 그역시 차단 현상 때문에 현실화되지 못했다.

그렇다고 호수 껌뻑임에 대한 호기심이 날아간 것은 아니었다. 단지 진지한 과학 연구가 지속되려면 이상한 현상에 대한 인식보다 큰 게 필요하다는 걸 보여 주는 흔한 사례였을 뿐이다.

8

별이의 교육에 대해서

별이를 교육하는 것은 어려운 일이었다. 학생의 머리가 나
쁘거나 의지가 없었기 때문이 아니었다. 별이는 한 달 만에 기
초적인 의사소통이 가능해질 정도로 영리했고 스펀지처럼 지
식을 흡수했다. 좋은 선생이 있다면 보물 같은 학생일 것이다.

하지만 가시덤불에는 좋은 선생이 없었다.

훌륭한 스승이었던 사람이 없지는 않았다. 스웨덴 마을 사
람 중 절반은 은퇴한 대학교수였다. 하지만 이들 중 미성년자
를 전문적으로 가르쳤던 사람은 단 한 명도 없었다. 우리 마을
은 조금 나았다. 일단 지난 12년 동안 나를 우주 이곳저곳으로
끌고 다니며 직접 가르쳤던 엄마가 있었고 이것저것 경험한
유라 언니가 있었으니까. 하지만 지금까지의 경험은 어디에
서 왔는지도 알 수 없는 외계인 아이에게는 별 의미가 없었다.

한동안 우리는 별이를 위해 무엇을 해야 할지 알 수 없었다.

처음 몇 달 동안은 아이의 마음을 건드리는 일을 될 수 있는 한 하지 않기로 했다. 그건 소문을 듣고 모여들 다른 행성 전문가들의 몫이었다. 하지만 차단이 확실해지자 교육은 어쩔 수 없이 우리 몫이 되었다.

가장 큰 문제는 모두가 동의하는 교육 목표가 없었다는 것이다. 나를 예로 든다면 목표는 명쾌했다. 최대한 빨리 우주 어디에 던져 놔도 자립해서 사람 구실을 할 수 있는 어른 인간으로 만드는 것. 하지만 이 목표가 별이에게도 맞는가? 별이는 인간인가?

엄마는 그렇다고 생각했다.

지금까지 아이에게 밥을 먹이면서 조용히 지켜보고만 있던 엄마가 처음으로 의견을 제시한 건 차단이 확실해진 날 밤 열린 마을 회의에서였다. 그리고 우리 마을 사람들의 반 이상은 엄마에게 동의했던 것 같다. 우리 우주 개척자들은 실용적이었다. 가장 중요한 건 생존과 자립이었다. 비록 별이가 인간이 아니더라도 우리와 같은 기회를 주어야 했다. 아이에게 가능성이 있다면 기회를 주는 건 우리의 의무였다.

"하지만 그런 교육이 아이의 본성을 망친다면요?"

가장 먼저 반발한 건 역시 유라 언니였다.

"다들 지금 우리가 얼마나 까다로운 위치에 있는지 잊고 계시는 것 같아요. 별이는 그냥 아이가 아닙니다. 우리가 최초로 만난 외계인이에요. 이런 아이를 그냥 다른 지구인처럼 대할 수는 없어요. 이 점은 아니카와 잉마르도 동의하겠지만……."

"어차피 아이의 본성이 무엇인지 알아낼 수 있는 방법은 없어요."

엄마는 단호하게 말을 잘랐다.

"지구나 제분 니사의 과학자들이라면 무슨 방법이 있을지도 모르죠. 하지만 여긴 지구도 제분 니사도 아니에요. 우린 아이의 본성이나 이 아이가 속한 종족이 어떤 사회를 이루었는지 알아낼 수 없습니다. 불가능해요. 우리는 우리가 아는 방법을 통해 최선을 다할 수밖에 없어요. 본성에 신경 쓰다가는 아무것도 할 수 없습니다. 보세요, 별이는 영리한 아이이고 저 아이에게는 지적인 자극과 자립할 수 있는 기회가 필요해요. 조심하느라 아무것도 못 한 채 방치할 수만은 없어요. 아이는 어른이 될 권리가 있어요. 끝까지 자기 종족을 만나지 못한다고 해도 스스로 이 세계를 살아가야 합니다. 본성이 망가진다고요? 부딪히고 다치기라도 해야 그 본성이 무엇인지 알 수 있지 않을까요? 그리고 지난 4년 동안 아이는 이미 충분히 망가지지 않았나요? 아이는 더 이상 백지가 아닙니다."

어이가 없다는 듯, 유라 언니는 뒷좌석에 앉아 있는 스웨덴 사람들에게 고개를 돌렸다. 스웨덴 동지들의 반응은 밍밍했다. 애당초 전혀 생각이 다른 사람들의 어설픈 연맹이라 무너지는 건 시간문제였다. 한센 박사는 침묵을 지켰고 솔베리 박사는 뭐든 시작은 해야 한다면서 엄마에게 소극적인 지지를 보냈다. 사실 솔베리 박사는 석 달 동안 아이를 우리에게 보냈을 수도 있는 존재의 정체를 밝히는 방법에 대해 고민했지만 어떤 답도 내지 못했던 터였다. 결국 다수결은 엄마 편이었다.

당연히 모든 게 일사천리로 진행되지는 않았다. 엄마는 상대적으로 좋은 교사였고 양쪽 마을에서 스카우트한 새 교사들에게 괜찮은 리더였으며 주변의 지원도 풍부했지만 결국 한계는 명백했기 때문에.

아무래도 언어의 문제가 가장 컸다. 정상적인 상황에서 아이들에게 언어를 가르치는 건 교사다. 하지만 별이는 가시덤불에서 쓰이는 세 개의 언어에 목소리까지 조립해서 자체적인 문법을 가진 언어를 만들었고 우리는 주도권을 잃고 쓸려가야 했다. 아이는 우리의 말을 어느 정도 알아들었고 세 언어의 문법도 대략 이해한 것 같았지만 끝까지 콜라주 언어를 고집했다. 이 언어가 점점 더 복잡해질수록 선생과 학생의 위치가 뒤바뀐 것 같다는 생각이 들지 않을 수 없었다.

당연히 대화의 방향도 한쪽으로만 흐를 수밖에 없었다. 별이는 우리가 하는 말의 상당 부분을 알아들었지만 우린 아이가 하는 말의 3분의 1 정도만 간신히 이해할 뿐이었다. 아이와 대화가 시작되면 이야기의 주도권은 늘 이상한 방식으로 아이에게 넘어갔고 우리는 어리둥절한 채 별이가 떠난 자리에 남겨졌다.

수학 영역에서는 상당한 성공이 있었다. 별이는 사칙 연산을 쉽게 이해했다. 그리고 이는 자연스럽게 아이를 문자의 세계로 인도했다. 일단 숫자와 수학 기호들을 익히자, 아이는 로마자와 한글을 손쉽게 배웠다. 잘만 하면 콜라주 언어 대신 보다 정상적인 언어 소통이 가능할 것도 같았다. 하지만 아이는 웬만한 글자들을 그럴싸하게 읽어 내면서 정작 자기가 글을 쓸 때는 한글과 로마자를 자유롭게 뒤섞어 입말보다 더 해독하기 어려운 자기만의 글자를 또 만들어 내고 말았다.

에티켓 교육에는 충돌이 있었다. 가장 골치 아픈 문제는 산쇼룬이었다. 엄마는 별이의 자위행위를 위생적인 방향에서 접근했다. 산쇼룬 자체를 금지하지는 않았다. 그 대신 산쇼룬이 끝나면 반드시 손을 씻게 가르쳤다. 다음 목표는 공공장소에서 산쇼룬을 금지하는 것이었는데, 이는 아이의 격렬한 저항을 불러왔다. 유라 언니는 엄마에게 반발했고 솔베리 박사도 어느 정도 유라 언니의 편이었지만 엄마는 뜻을 굽히지 않았다. 아이가 친구들이나 친척들과 인사하듯 산쇼룬을 나누는 사회에 살고 있지 않다는 사실을 이해한다면 공공장소에서 산쇼룬을 하지 않아야 한다는 것 역시 충분히 이해할 수 있다는 것이 엄마의 생각이었다. 아이는 결국 엄마에게 굴복했고 엄마는 이를 성공적인 의사소통으로 받아들였다.

별이는 그림 그리기도 배웠다. 처음에는 구상화라는 개념을 쉽게 이해하지 못했다. 예쁜 모양과 색에 대한 관심은 있었지만 눈앞에 있는 물체를 종이 위에 표현하는 것은 어려워했다. 일단 상징화의 개념을 받아들이자 그림 그리기는 아이에게 또 다른 의사 전달의 수단이 되었다. 크레용으로 예쁜 패턴을 그리는 것과 동그라미 밑에 직선으로 몸과 팔다리를 그려 사람을 뜻하는 것은 전혀 달랐다. 그림이 상징이 된다는 걸 깨우치자 별이의 글자는 새로운 상형 문자를 받아들여 더 복잡해졌다.

가장 큰 성과를 거두었던 건 음악 교육이었다. 이 과목은 솔베리 박사와 유라 언니가 맡았는데, 둘 다 만만치 않은 지식과 실력을 갖춘 음악 애호가였고 세부 의견은 달랐지만 어쩌다 보니 목표는 일치했다. 가장 자연스러운 방법으로 아이의 육체와 정신에 알맞은 음악을 찾아내는 것. 아이는 거의 초인적으로 정확한 음감을 갖고 있었고 키보드와 리코더에 흥미를 보였으며 두 교사가 선정한 몇몇 작품들에 매료되었다. 가장 좋아했던 건 20세기 프랑스 작곡가들의 곡이었는데, 이 작품들은 아이에게 진정제이자 흥분제였다. 아이는 리듬과 화음과 멜로디가 복잡할수록 좋아했고 곧 자기 멋대로 그만큼이나 복잡한 음악을 만들어 냈다. 그 곡은 솔베리 박사나 유라 언니가 기대했던 것처럼 이질적이고 우주적이지는 않았지만 충분히 매력적이었고 신기했으며 종종 오싹했다. 그건 단순한 여자아이의 노래가 아니었다. 아이는 목 속에 작은 오케스트라와 합창단을 갖추고 있었다.

교회에서 솔베리 박사의 파이프 오르간 반주에 맞추어 노래를 부르던 별이의 모습을 기억한다. 구석 자리에 앉아 음악을 듣고 있던 엄마에게 그 공연은 아이를 문명인으로 교육하려는 노력이 결실을 맺었다는 증거였다. 아이 앞에서 정신없이 플라스틱 젓가락으로 지휘를 하던 유라 언니에게 이 연주는 엄마의 강요 어린 교육 속에서도 아이에게 내재되어 있는 음악적 본성을 끌어낸 승리의 순간이었다. 별이의 노래에 맞추어 건반을 두들기던 솔베리 박사에게는 아이를 만든 창조주의 동기에 접근하려는 수많은 시도 중 하나였다. 그리고 별이 옆에서 어설픈 스텝을 밟으며 춤 비슷한 걸 추던 나에게, 조금은 프랑크 같고 조금은 뱅퇴유 같고 조금은 드뷔시 같고 조금은 메시앙 같고 조금은 뒤티외 같고 어떨 때엔 심지어 르그랑 같기도 했던, 그 끝없이 이어지는 복잡하고 이상한 음악은, 별이처럼 그냥 아름다웠다.

9

별이와 나의 관계에 대해서

앞에서 말했지만 (제3장을 참고하라.) 별이가 가시덤불에 떨어지기 전까지 나는 가시덤불의 유일한 아이였다. 전에 있었던 행성인 허클베리1에서도 그랬고 그 전이었던 아스포델4에서도 그랬다. 내가 태어난 무릉1은 아름다운 곳이었고 아이들도 많았다고 들었다. 하지만 한 살을 조금 넘겼을 때 엄마 품에 안겨 허겁지겁 떠나야 했던 나는 그 행성에 대한 기억이 전혀 없다. 엄마는 무릉에 대해 물으면 이렇게 말하곤 했다.

"맛있고 배부른 곳이었어. 하지만 사람들이 나빴지."

아홉 살이 되어서야 나는 도서관 큐브에서 무릉 행성의 피에 젖은 짧은 역사를 기록한 책을 읽을 수 있었다. 나는 책을 읽으며 그 행성에 대한 기억이 없는 것과 내가 그곳에서 떠나왔다는 사실에 감사했다.

아이들이 없는 세계를 떠돌며 평생을 보낸 나는 아이들과 또래 관계에 대해 아는 것이 전혀 없었다. 나에게 아이들은 상상의 존재였다. 영화나 책에서나 접할 수 있는, 나랑 비슷하지만 이상하게 생각하고 기이하게 행동하는 괴상한 존재들.

나는 또래의 친구를 원했는가? 만약 내 나이 또래의 한국인 아이들이 갑자기 친구 하자고 말을 걸었다면 나는 두려웠을 것이다. 한국어로 된 책이나 영화에 나온 한국 아이들의 이야기는 무섭고 끔찍했다. 영어로 읽은 지구의 다른 나라 어린이 책들은 그나마 나았지만, 난 언제나 진짜 아이들이 두려웠다. 그들은 이야기 속의 괴물과도 같았다. 내 마음속 한구석은 또래 친구를 갈망하고 있었지만 한편으로는 친구가 없는 게 다행이라고 생각했다.

별이가 처음으로 모습을 드러낸 날 내 머릿속은 복잡하게 돌아갔다. '친구'라는 말이 맨 처음 떠올랐다. 그 단어가 나에게 어떤 의미로 다가왔는지 확신할 수 없었다. 하지만 잠들 무렵, 내 기대는 좋은 쪽으로 기울어져 있었다. 적어도 상자 속의 그 아이는 공부 스트레스로 정신이 나가 나 같은 시골뜨기를 따돌리고 놀리고 구타하고 강간하는, 교복 입은 학생은 아닐 것이다. 어쩌면 그 아이는 스필버그 영화 속 목 긴 외계인처럼 현명하고 사랑스러운 존재일지도 모른다.

어른들은 나를 걱정했다. 놀라울 정도로 많은 사람들이 내가 '이 행성의 유일한 아이'라는 타이틀을 빼앗기는 것에 민감하게 반응할까 봐 걱정했다. 이들 중 상당수는 내가 별이를 질투할 거라고 여겼다. 이미 엄마의 관심은 별이에게 쏠려 있었고, 엄마는 나의 가장 친한 친구였으므로 겉보기에 타당한 걱정이었다.

하지만 엄마와 유라 언니는 별이의 삶에 나를 잽싸게 집어넣으며 '질투'에 대한 걱정을 잠재웠다. 꽤 영리한 행동이었다고 생각한다. 별이에게 이름을 붙이고 아이를 친구로 받아들이면서 나는 더 특별한 존재가 되었다. 그전까지 나는 아직 어른이 되지 못해 훈련과 교육이 필요한 미완성품이었다. 하지만 그날 이후로 나는 외계 종족과 어른 인간을 연결하는 다리였다. 엄마가 식품 개발에 전념했던 때보다 별이의 교육이 시작된 이후 나와 더 많이 시간을 보냈다는 건 말할 필요도 없겠다.

별이가 처음부터 나에게 호감을 보인 이유는 단순했다고 생각한다. 내가 가장 작고 약해 보였고 자기와 비슷하게 느껴졌을 테니까. 주변의 어른들보다는 덜 위협적이었을 테니까. 무엇보다 나는 아이에게 행동의 본을 보여 주는 데에 적합했다. 별이는 목소리 흉내에 비해 동작 흉내가 이상하게 서툴렀다. 이 불편한 갭을 채워 준 게 나였다. 아이는 같은 행동이라도 어른들보다 나를 훨씬 더 잘 따라 했고 빨리 이해했다. 내가 없었다면 별이는 결코 자전거를 배울 수 없었을 것이다.

그게 늘 재미있는 건 아니었다. 반복이 잦을 수밖에 없는 동작 교육이 많았고 화장실 교육처럼 유쾌하지 않은 일도 끼어 있었으니까. 별이와 가장 가까운 사이이기 때문에 산쇼룬 같은 봉변을 겪는 것도 대부분 내 몫이었다. 다행히도 나는 별이보다 힘이 셌고 아이는 공격적인 구석이 거의 없었다.

서로의 존재에 익숙해지자, 별이는 내가 자신을 가르치는 만큼 조금씩 나를 가르치려 했다. 아이는 마치 거울을 보는 것처럼 나를 정면에 세우고 자신을 흉내 내게 했다. 처음에는 소리를 내는 방법을 전하려 했지만 안 되는 것을 확인하자 산쇼룬 때처럼 잽싸게 포기했다. 다음은 일종의 춤처럼 보이는 동작이었다. 거기에 내가 어느 정도 익숙해지자 그다음은 아직도 그 규칙을 제대로 이해하지 못하는 일종의 놀이였다. 아니, 어느 정도는 이해했는데, 설명이 안 된다. 그건 상대방의 동작을 미리 예측하고 상대방에게 자신이 생각한 동작을 유도하는 것이었는데, 이 모든 규칙이 유기적으로 연결되어 있어서 정확하게 설명하기 어려웠다. 그렇다고 다른 사람들에게 직접 가르칠 수도 없었는데, 다른 사람들을 알려 주려고 하면 늘 무언가가 부족했던 것이다.

이것은 별이가 속해 있던 문화의 일부였을까, 아니면 처음부터 유전자에 각인되어 있던 무언가였을까, 혹은 별이가 스스로 만들어 낸 놀이였을까? 아무도 몰랐다. 별이가 온 세계에 대한 지식은 얄미울 정도로 꼼꼼하게 은폐되어 있었다. 그렇다면 그 은폐는 의도적인가?

나는 끝없이 이어지는 원론적인 질문에 별 관심이 없었다.

나에게 중요한 건 내가 다른 어른들보다 별이와 더 밀접한 소통이 가능하다는 사실이었다. 막연한 눈치를 이용한 게 아니었고 이심전심도 아니었으며 텔레파시는 더더욱 아니었다. 별이는 나와 자신만을 위한 동작 언어를 또 만들어 냈던 것이다. 이런 놀이를 통해 나는 서서히 별이의 언어에 말려들어 갔다.

나는 이 사실을 어른들에게 말하지 않았다. 하고 싶어도 어떻게 표현해야 하는지 알 수 없었다. 내가 말려든 언어를 설명할 방법이 없었다. 지구의 언어처럼 분절된 단어의 조합으로 이루어진 것이 아니었다. 의미도 불분명했다. 나는 별이의 말을 이해한다고 믿었지만 번역할 수는 없었다. 아는 언어로 쓰였지만 너무 어려워서 뜻을 이해하기 불가능한 시를 상상해보라. 그리고 그 페이지를 뒤집어 보라. 별이의 언어는 그런 것이었다. 기초적인 기능은 부족하지만 한 편의 시를 품을 수있는 언어. 그 언어로는 물 한 잔 달라는 단순한 말은 할 수 없었지만 세상을 보여 줄 수는 있었다.

하지 축제 전날, 그러니까 38년 섣달 그믐날이 생각난다. 그날은 어쩌다 보니 내 열두 번째 생일이었다. (별 상관 없는 이야기인데, 가시덤불의 1년은 357일밖에 되지 않았지만 하루가 표준 일보다 조금씩 길었기 때문에 내 생일은 매년 21일에서 22일 정도 앞당겨졌다.) 차단이 길어질 게 분명했고 드디어 우리 몸에 적응한 가시덤불의 미생물 부대 때문에 다들 감기 비슷한 증상을 앓고 있었다. 마을의 분위기는 축 늘어졌다. 엄마는 용케 조촐한 파티를 준비했지만 그 역시 금방 끝나 버려서 손님 대부분은 콧물을 훌쩍거리며 각자의 집으로 후퇴했다.

엄마마저도 방으로 들어가자 아직 병에 걸리지 않은 나와 별이만이 거실에 남았다. 우리는 남은 타피오카케이크를 먹고 텔레비전으로 벅스 버니와 엘머 퍼드가 나오는 만화 열 편을 연달아 보았다. 마지막에는 피라미드 게임을 했는데 한 번은 내가, 세 번은 별이가 이겼다.

마지막 게임에서 이긴 별이는 피라미드 블록들이 든 상자를 옷장 안에 넣는 나의 뒷모습을 말없이 바라보다가 갑자기 엄마 목소리로 말했다.

"이제 좀 밖에 나가 놀렴."

내가 돌아보자 별이는 미소를 지으며 (또는 미소를 흉내 내며) 같은 말을 되풀이했다. 단지 이번엔 오로지 나만이 알아볼 수 있는 미묘한 동작 언어가 들어가 있었다. 그때 그 기분은…….「E.T.」에서 엘리엇과 E.T.가 핼러윈 밤에 자전거를 타고 가다가 갑자기 날아오르는 장면이 있지 않은가? 존 윌리엄스의 음악과 함께 그 장면을 보는 것 같았다. 가슴이 벅차올랐고 난 반드시 별이와 함께 바깥으로 나가 무언가 원대한 일을 해야 할 것 같았다. 그 짧은 동작은 그만큼이나 설득력이 있었다. 만약 별이가 같은 동작과 말을 주변 어른들에게 했다면

116

그들은 오로지 엄마의 성대모사만을 통한 '놀러 나가자.'라는 의미만 읽었을 것이며 그 소소한 동작에서 어떤 영향도 받지 못했을 것이다.

우리는 전기 자전거를 타고 밖으로 나갔다. 전력 질주로 마을을 두 바퀴 돌았고 지쳐서 마을 입구의 고양이 바위 앞에 누워 흘러가는 구름을 올려다보았다. 다리와 심장에 힘이 돌아오자 우리는 다시 자전거를 타고 교회 마을로 올라갔다. 교회에서 별이는 파이프 오르간 소리로 짧은 노래를 불렀고 나는 그에 맞추어 춤을 추었다.

교회에서 나온 우리는 대파 숲으로 자전거를 몰았다. 나무처럼 크지만 속이 비어 있고 푸석푸석한 대파 모양의 토착 식물들이 모여 있는 곳이었다. 육지에 있는 대부분의 식물들이 그렇듯, 이들의 속살은 우리의 식탁에 올랐고 껍질은 플라스틱과 인공 목재와 옷의 재료가 되었다.

나에게 대파 숲은 평범한 곳이었다. 그냥 집 근처에 있는 놀이터였다. 혼자 있을 때는 늑대인간들이 숨은 동화 속 지구 숲이라고 상상하며 놀곤 했다. 하지만 늑대인간은 상상 속의 위험이었고 대파 숲에는 아무것도 숨어 있지 않았다. 가시덤불의 육지 동물은 뇌 없는 작은 벌레와 그들에게 기생하는 더 작은 벌레가 전부였다. 그곳은 안전하고 지루했다. 가시덤불의 다른 곳들이 그런 것처럼.

하지만 그날 나는 그 숲이 전과는 다른 무언가로 채워졌다고 느꼈다. 마치 들리지 않는 음악의 영향을 받은 것처럼 나는 그 익숙한 공간에서 다른 의미를 읽었다. 약간은 약에 취한 것 같은 기분이기도 했다. 나는 이 모든 것이 별이 때문임을, 별이가 내 곁에서 보내는 소리 없는 신호 때문임을 알고 있었다. 나는 별이가 자신의 눈을 통해 보는 세상이 어떤 것인지 나에게 보여 주려 한다고 생각했다. 내 주변의 세계가 갑자기 넓어지고 (엄마 표현을 빌린다면) '맛있어지는' 듯한 기분이었다. 나는 이 발견 아닌 발견에 흥분하며 몇 년 동안 익숙해질 대로 익숙해진 숲 사이를 자전거로 질주했다.

그때였다. 그들을 발견한 것은.

처음에는 바닥에 낮게 떠 있는, 금속성으로 반짝이는 존재들이 드뇌브라고 생각했다. 아자니가 머금고 있다가 호기심이 생기면 세상에 풀어 놓는, 보석 벌레처럼 생긴 작은 염탐꾼 말이다. 하지만 드뇌브의 외피는 아자니처럼 날렵하고 아름다웠으며 비행하면서 소리 따위는 내지 않았다. 투명한 날개를 윙윙거리며 어설프게 떠 있는 그 존재들은 지상 종이었다. 기네스는 당연히 아니었다. 쿠퍼는 영토 주변을 떠나지 않으니 웨인이었다. 손톱만큼 작은 군인들이 파리처럼 우리 주변으로 몰려들고 있었다.

나는 이렇게 작은 웨인은 처음 보았지만, 이들은 거의 모든 종류의 크기로 존재할 수 있었기 때문에 놀라지는 않았다. 걱정스러운 건 그들의 동기였다. 그들은 왜 이렇게 작아진 걸까? 이 행성엔 작은 웨인들이 필요한 복잡한 폐허 따위는 없었다. 지난 몇십 년 동안 그들은 세인트버나드 정도 크기의 웨인으로 웬만한 일들은 다 처리해 왔다. 그런데 갑자기 아무런 예고도 없이 벌레 크기의 웨인들이 나타난 것이다.

몇십 년의 경험을 통해 우리는 링커 기계와 공존하는 방법을 익혀 왔다. 그들을 방해하지 않는다면 그들도 우리를 방해하지 않는다. 그들을 충분히 배부른 상태로 둔다면 그들은 우리를 먹이나 재료로 생각하지 않는다. 그들이 우리를 공격한다고 해도 우리의 목숨이 최종 목표가 아니다. 우리는 처음에 그들을 군인이라고 생각했지만 그보다는 철거 전문가나 광부에 가까웠다. 그것만 인식하고 있다면 우린 웨인으로부터 안전했다. 나와 별이가 어른 보호자 없이 마을 주변을 뛰놀 수 있었던 것도 그런 믿음 때문이었다.

그런데 무언가 상황을 바꾸어 놓고 있었다.

온몸에 소름이 돋았다. 숲은 순식간에 내가 이전부터 알고 있던 지루한 공간으로 돌아왔으며 수십 마리의 벌레 기계들로 감염되어 있었다. 자전거 페달 높이로 날면서 우리 주변을 천천히 돌던 웨인 중 한 마리가 점프하듯 높게 날아올라 나의 눈을 정면으로 응시했다. 낯설고 섬뜩한 경험이었다.

별이가 작은 현악 오케스트라 목소리로 「잉그리드의 비탄」의 도입부를 짧게 불렀다. 정신을 차려 보니 별이는 벌써 자전거를 마을 쪽으로 돌려놓고 한쪽 발을 페달에 올려놓고 있었다. 나는 허겁지겁 자전거에 올라타 별이와 함께 전속력으로 마을을 향해 달렸다. 웨인은 쫓아오지 않았다. 하지만 그게 안심할 일인가? 그들은 이미 우리가 사는 곳을 알고 있지 않던가.

10

차단 이후 두 마을에서 일어난
일들에 대해서

리트뱌크 시리즈의 가르보들이 가시덤불을 찾지 않게 된 뒤부터 두 마을 사람들은 조용히 이 상황에 적응하기 시작했다. 한서 아저씨는 이미 낭기열라에서 8년간의 차단을 겪은 경험이 있었다. 낭기열라는 사람이 살 만한 곳은 한 줌도 안 되는 행성이었지만 한서 아저씨는 차단 시절 낭기열라의 8년이 그 뒤 무릉에서 겪은 3개월보다 훨씬 좋았다고 한다. 우리 마을 사람들 중 절반 정도가 무릉에서 산 경험이 있는데, 다들 그곳 이야기가 나오면 치를 떨었다.

스웨덴 마을은 우리보다 더 평화로웠다. 어차피 그곳은 양로원이었다. 그들은 우리처럼 원대한 미래를 꿈꾸는 사람들이 아니었다. 낯선 세계에서 맞는 평화로운 죽음이 그들의 최종 목표였다. 차단은 그 목표에 대단한 영향을 끼치지 못했다.

발전소 공사는 중단되었다. 그건 5년 안에 행성의 인구를

2천 명 이상으로 늘린다는 원래 계획이 먹혔을 때만 의미가 있었다. 공사장에서 일하던 사람들이 돌아왔고 마을은 그 어느 때보다 분주해졌다. 기존의 제작기들을 이용해 더 성능 좋은 제작기를 만드는 방법, 그 제작기로 제작기용 원재료를 생산하는 기계를 만드는 방법, 마을 수력 발전소의 성능을 높이는 방법 등에 대한 연구가 이어졌다. 두 번째 수경 농장의 건축과 플라스틱 공장의 증축이 시작되었고, 마을 강당에서는 한동안 중단되었던 저녁 영화 상영회를 다시 열었다. 모두들 머리와 몸을 바쁘게 굴려 차단의 불안함을 잊으려는 것 같았다.

별이에 대한 마을 사람들의 관심도 어느 정도는 그 때문이었다고 생각한다. 차단이 일어나지 않았다면 아무리 역사적인 사건이라도 적당히 떨어져 아이에게 애정과 관심을 보내는 것으로 만족했을 것이다. 하지만 차단 이후 마을 사람들은 모두 '별이학'의 전문가가 되려고 했다. 그들은 관련 지식을 공부했고 학파를 만들었으며 영화가 끝나면 강당에 남아 토론했다.

처음에는 모든 게 평화로웠다. 종교인은 한 명밖에 없는 행성이었지만, 우리는 별이의 방문을 종교적인 의미로 받아들였던 것 같다. 별이는 아기 예수였고 우리 마을은 베들레헴이었다. 당시 마을이 초겨울이었다는 사실도 이런 이미지를 굳히는 데에 도움이 되었다. 별이가 온 날은 동지 무렵이라 우리에게는 크리스마스나 마찬가지였다. 아이가 우주에서 끔찍한 고난을 겪었다는 사실도 종교적인 서사에 힘을 더해 주었다. 차단 역시 이집트 피난에 빗대어 종교적으로 읽는 사람들이 있었다.

이 사랑과 평화가 가득한 종교적인 기분은 오래가지 못했다. 아니, 종교적이었기 때문에 더 빨리 끝났는지도 모른다. 우리가 만들어 낸 서사를 지탱하는 신은 전지전능한 우주의 창조주가 아니었다. 그들은 변덕스럽고 마음을 읽을 수 없으며 종종 난폭해질 수도 있는 기계였다. 이들에게 신의 역할을 주면 이야기의 진행 방향은 사방팔방 흩어지게 된다. 물론 이 이야기에서 기계들이 꼭 신이라는 법은 없었다. 그들은 악마일 수도, 냉담한 방관자일 수도 있었다.

별이에 대한 마을 사람들의 애정과 동정의 그늘에서 서서히 두려움과 혐오가 자라나기 시작했다. 수많은 사람들이 다른 이들과 논쟁을 벌이며 만들어 낸 자기 이야기를 스스로 믿기 시작했고, 그 믿음에 의존하기 시작한 것이다.

지금까지 별이를 부당하게 학대받은 불쌍하고 아름다운 아이로 보이게 했던 모든 이유가 재점검되었다. 그래, 어린애를 몇 년 동안 상자 안에 가둔 건 잘못했지. 하지만 그 사람들이 왜 그랬는지 모르잖아? 그럴 수밖에 없었다면? 저 아이가 위험하고 무서운 존재라면? 차단이 정말 저 아이 때문이라면? 저 아이를 격리시키기 위해 링커 우주선과 기계들이 우리를 크로아토안 시킬 계획이라면?

이런 주장을 믿는 사람들에게는 별이의 아름다움도 이전처럼 매력적이지 못했다. 별이의 아름다움에는 인간과 아슬아슬하게 비슷한 존재들이 갖는 섬뜩한 불쾌함이 있었는데, 그들은 이제 아름다움보다는 불쾌함을 먼저 보았다.

별이가 말을 배우고 의사소통을 시작하면서 이 공포는 점점 구체적이 되어 갔다. 앞에서도 말했지만 우린 별이의 말을 3분의 1 정도밖에 해석하지 못했고 해석 못 할 말들은 별이의 언어가 방대해지며 점점 늘어만 갔는데, 당황스러울 정도로 많은 사람들이 이 퍼즐 같은 말의 조각들을 과잉 해석하기 시작했다. 과잉 해석이 대부분 그렇듯 자기중심적이었다. 사람들은 별이가 자신에게 무언가 중요한 말을 하고 있다고, 심지어 속마음을 읽고 미래를 예언하고 있다고 믿어 버렸다. 이런 망상은 별이를 옹호하는 쪽과 두려워하는 쪽을 가리지 않았다.

새해를 넘기고 여름이 저물면서 이런 현상은 심해져 갔다. 앞 장에서 나는 별이와 나만의 언어가 나의 정신에 어떤 영향을 끼쳤는지 설명했다. 나는 별이와 처음부터 친밀한 관계를 유지하고 있었고 그 언어가 만들어지는 과정을 빠짐없이 인식하고 있었기 때문에 이를 초자연적인 무언가라고 생각하지는 않았다. 마찬가지로 나는 주변 어른들이 별이와 만났을 때 종종 겪는 일들도 내가 겪는 일과 비슷한 것이라고 생각했고 이상하게 여기지 않았다. 하지만 그렇다고 해서 별이에 대한 일들이 기괴하게 느껴지지 않는다는 건 아니었다.

그중 한 예가 6장에서 언급한 성서 인용이었다. 우린 그게 어떻게 별이의 귀에 들어갔고 왜 그 특정 문장을 요섭 아저씨 앞에서 읊었는지 끝까지 알아내지 못했다. 물론 그렇다고 해서 이것이 초자연현상이었다는 건 아니다. 단지 아직 연결고리를 찾지 못해 신기한 일이었을 뿐이다.

사람들은 별이의 입을 통해 나오는 출처가 불분명한 목소리에 집착하기 시작했다. 이들 목소리가 마을 사람들의 것이 아니라고 여겨지면 이유를 찾았다. 별이가 남의 목소리를 거의 완벽하게 흉내 낼 수 있었고 실제 사람들의 목소리를 내긴 했지만 그렇다고 그 모든 소리가 정확한 녹음이라고 볼 이유가 전혀 없었는데도 그랬다. 수많은 사람들이 죽은 친척이나 친구의 목소리를 들었다고 생각했고 그에 맞추어 별이의 알 수 없는 말들을 해석했다. 그리고 해석 중 몇 개는 실제로 썩 그럴싸하게 들어맞아서 근거 없는 주장을 전혀 믿지 않는 엄마나 유라 언니 같은 사람들도 종종 마음이 흔들렸다.

"코난 도일 같은 사람들이 어쩌다가 그렇게 쉽게 속아 넘어갔는지 알겠어."

강당에서 한 판 싸우고 돌아오던 유라 언니가 길에서 만난 나에게 이렇게 투덜거렸던 것이 기억난다. 영화관 프로그래머였던 언니는 그다음 날 밤 상영작으로 브라이언 포브스의

「비 오는 오후의 음모」를 골랐는데, 킴 스탠리와 리처드 애튼버러가 가짜 강신술을 하는 사기꾼들로 나왔다. 유라 언니의 반대파들은 이걸 자기네들에 대한 조롱이라고 생각했고 영화 상영 이후 분위기는 더욱 안 좋아졌다.

마을에 벌레 크기의 웨인이 나타나기 시작한 것도 사람들의 두려움을 자극했다. 특별히 위협적인 짓을 했던 건 아니다. 그저 두 마리 이상 모여 파리처럼 날아다녔다. 사람들이 가까이 가면 달아났고 위협하면 사라졌다. 하지만 링커 기계와 관련된 이상 현상은 결코 가볍게 넘길 수 없었다.

더 이상한 일은 사람들이 헛것을 보기 시작했다는 것이었다. 가을이 시작되자 수많은 사람들이 여기저기에서 뱀을 보았다. 우리 마을 사람들은 모두가 지구 밖에서 태어났고 뱀과 비슷하게 생긴 토착 동물을 본 경험도 없었다. 그런데 영화에서나 보았던 팔다리 없는 지구 괴수가 마을 곳곳에서 목격된 것이다. 뱀만큼은 아니더라도 수많은 사람들이 개미 떼를 보았다. 둘 다 환영이었다. 가시덤불엔 그런 것들로 착각할 만한 동물이 존재하지 않았다. 새로 만들어진 웨인도 아니었다. 팔다리 없는 몸으로 웨인이 할 수 있는 일이 뭐가 있겠는가.

여기에 대해 가장 무덤덤한 해석을 내놓은 건 오히려 요섭 아저씨였다. 아저씨에 따르면 뱀에 대한 공포는 몇 억 년의 진화 과정을 통해 인간의 유전자에 각인된 것이고 벌레도 마찬가지였다. 왜 사람들이 환영을 보았는지는 알 수 없지만 뱀이

나 벌레가 보이는 것 자체는 그리 이상한 일이 아니라는 설명이었다.

요섭 아저씨에게 종교적인 선동을 기대했던 사람들은 실망하고 돌아갔다. 하긴 아저씨는 처음부터 영화 속 개신교 광신도와는 거리가 먼 사람이었다. 지금 생각해 보면 그렇게 신실한 신도도 아니었던 것 같다. 언젠가 아저씨가 강당 구석에서 노트에 뭐라고 적다가 처량한 목소리로 "링커 우주는 아브라함의 신이 말라 죽어 가는 곳이란다."라고 나에게 말했던 게 기억난다. 요섭 아저씨에게 종교는 죽을 때까지 어쩔 수 없이 끌고 가야 하는 짐에 가까웠던 것 같다.

11

스웨덴 과학자들의 설명에 대해서

　이런 공포감에 불을 당긴 건 엉뚱하게도 한센 박사였다. '엉뚱하게도'라는 말을 붙인 이유는 그때까지 나는 늘 한센 박사가 별이 편이라고 믿고 있었기 때문이었다. 왜 그랬는지는 모르겠다. 별이가 위험한 존재일 가능성을 걱정해야 한다고 가장 먼저 주장한 사람은 한센 박사였는데. 지금 생각해 보면 한센 박사가 입양인, 그것도 한국계 입양인이었기 때문에 자동적으로 나 자신이 만든 이야기에서 그를 별이 편으로 만들어 버렸던 것 같다. 입양인끼리 서로를 이해해야 하는 게 아닌가? 하지만 한센 박사는 과학자였고 그때도 언제나처럼 과학자답게 행동했을 뿐이었다. 누구의 편을 들지도 않았고 별이에게 적대적이지도 않았다. 그냥 어쩌다 보니 일이 그렇게 풀린 것뿐이었다.

　한센 박사가 우리 집을 찾은 건 39년 3월 12일 저녁이었다.

짧은 여름은 오래전에 지나갔고 오후부터 내리기 시작한 가을비에 온 마을이 젖어 가고 있었다. 한센 박사는 2인용 카트를 타고 우리 마을까지 왔는데, 중간에 튄 흙탕물 때문에 바지와 재킷 왼쪽에 얼룩이 묻어 있었다.

그때 우리 집에 있었던 사람은 엄마, 나, 유라 언니, 한서 아저씨였다. 30분 전까지만 해도 별이가 있었지만 우리 집에서 저녁을 먹고 미나 언니와 함께 병원으로 돌아간 후였다. 아마 세 사람 모두 한센 박사의 방문을 예상하고 있었던 것 같다. 한센 박사는 잠시 멍한 표정으로 나를 바라보았는데, 얘가 이 자리에 있어도 되나 고민하는 얼굴이었다. 하지만 나를 다른 데로 쫓아 버리는 것도 이상했고 별이에 대한 일은 나도 알아야 할 자격이 있었다. 3월 중순이라면 사람들이 별이와 나 사이의 언어에 대해 뒤늦게 눈치채고 본격적인 연구를 시작할 때였다. 나는 조금 더 감추고 싶었지만 사방에 뱀이 나온다고 난리 치는 사람들이 늘어나고 벌레만 한 웨인들이 마을을 염탐하고 있는 판에 더 이상 그럴 수는 없었다.

"마르틴과 요나스가 그동안 뭐 하고 있었는지 알죠?"

흙탕물 얼룩을 지우고 소파에 앉은 한센 박사는 우리 사이의 허공을 응시하며 다소 맥 빠진 목소리로 말했다. 모두 고개를 끄덕이자 박사는 말을 이었다.

"처음에는 저도 별게 아니라고 생각했어요. 아니, 별거라고 생각은 했지만 소란 피우며 나설 때는 아니었죠. 링커 기계가 아무리 신기한 짓을 저질러도 우린 적절한 곳에 선을 그어야 하니까요. 그래도 우린 비행선과 드론으로 웨인들이 새로 쌓은 성과 호수 주변을 꾸준히 관찰했어요. 두 사람은 몇달 째 그 데이터를 붙잡고 씨름 중이었고요. 아시겠지만……. 그러다 얼마 전에 둘이 결론을 냈고 우리 마을 사람들 모두가 동의했는데, 지금 전쟁 중인 것 같아요."

"누구랑요?"

엄마가 물었다.

"그건 저도 모르죠. 하지만 지금 웨인들이 끊임없이 사라지고 있어서 기네스가 새 웨인들을 만드느라 바쁘다는 걸 알고 있어요. 잠수함은 보이는 것만 열두 척으로 늘었고 그동안 다섯 척이 침몰되었어요. 네 척은 모두 이번 달에 가라앉았고요. 링커 기계들과 거의 동등한 힘을 지닌 무언가가 호수 아래 있고 지금까지 양쪽은 섬세한 힘의 균형을 유지하고 있었는데, 아무래도 이게 몇 주 전부터 좀 흔들리고 있는 것 같아요."

"30년 넘게 외계 종족과 이 행성을 나누어 쓰고 있었는데 아무도 몰랐다고요?"

유라 언니가 외쳤다.

"그게 그렇게 이상한가요? 예전 교회 마을 사람들은 어떤 기록도 남기지 않았어요. 우리는 여기 온 지 몇 년밖에 안 되었고요. 그동안 이 행성을 진지하게 연구한 과학자들이 몇이나 되나요? 그리고 교회 마을이 꼭 토착 문명이 아닐 수도 있어요. 포털 가설에 대해서는 다들 알죠? 펠릭스 라킨에 따르면 가르보가 쓰는 초공간 통로를 만들기 가장 좋은 장소는 일정 크기 이상의 행성 표면이에요. 가르보가 그 편한 길을 쓰지 않는 데엔 이유가 있겠지만 다른 문명이 그 기술을 이용하지 말라는 법은 없지요. 호수 밑에 다른 행성으로 가는 포털이 있을지도 모른다는 말이죠. 마르틴이 이에 대해 꽤 정교한 이론을 완성했는데, 전 그에 대해 왈가왈부할 입장이 못 돼요. 하지만 이제 우리 모두 이게 썩 그럴싸한 이야기라고 믿게 되었어요. 그렇다면 다음과 같은 질문이 생기죠. 그 존재와 별이는 무슨 상관이 있는가?"

한센 박사는 우울한 미소를 지었다.

"생각해 봤나요? 에르네스트 비고가 왜 가시덤불에 온 건지. 그냥 아무 아자니에 달라붙어 여기저기 떠돌다가 우연히 여기에 떨어진 걸까? 아니면 처음부터 이곳이 비고의 원래 목적지였던 걸까? 우린 에르네스트 비고에 대해 무얼 알고 있나요? 아로낙스에 있을 때만 해도 비고는 멀쩡한 경력에 멀쩡한 성격을 가진 과학 장교였어요. 그런데 우린 그 사람이 4년 동안 어린아이를 감금하고 고문한 악당이라고 믿고 있어요. 그 근거가 뭐죠? 죽을 때 별이와 같이 있었다는 것? 별이가 기억하는 욕설? 그런 건 얼마든지 다른 식으로 해석될 수 있어요. 욕설이란 원래 별 의미가 없는 것이니까요. 비고가 상식적인 윤리 감각을 가진 남자였다고 생각해 보죠. 그렇다면 다른 식의 가설이 가능하지 않겠어요? 비고는 감금된 아이를 구출했어요. 그리고 그 아이를 고향으로 데려다주려 했어요."

유라 언니는 고개를 저었다.

"그래도 아직 구멍이 너무 많아요. 누군가가 아이를 그 상자 안에 넣은 건 여전히 사실이에요. 그 누군가는 콩스탕 기계로 만든 상자를 가진 지구인이어야 할 거고요. 결국 책임을 한 칸 뒤로 민 것에 불과해요. 그리고 비고는 어떻게 가시덤불이 목적지라는 걸 알았죠? 별이는 당시 인간 말을 하나도 하지 못했어요. 누군가가 가시덤불이 목적지라는 정보를 주어야 하잖아요."

"맞아요. 별이는 인간 말을 거의 못 했어요. 기억하는 건 몇 마디 욕설이 전부였지요. 별이의 언어 습득 속도를 생각해 보면 그게 정상일까요? 만약 별이가 아로낙스 호에 4년 동안 감금되어 있었다면 아이는 훨씬 많은 프랑스어 어휘를 기억하고 있어야 하지 않을까요? 그건 아이가 그동안 있었던 곳이 아로낙스가 아니었음을 암시해요. 아이는 그동안 지구인들의 말을 들을 수 없었던 곳에 있었던 거예요."

"하지만 그 상자는……."

"그건 콩스탕사의 제작기로 만든 것이 아니었어요!"

한센 박사는 우리의 어리둥절한 얼굴이 재미있는 모양이었다.

"우리도 당연히 콩스탕 제작기로 만든 것이라고 생각했지요. 다르게 생각할 이유가 없었으니까요. 하지만 일단 의심이 시작되니까 그 상자도 다시 보게 되더군요. 그래서 성분이랑 구조를 다시 한번 검토해 봤는데, 아니었어요. 콩스탕 제작기로 만든 상자처럼 정교하게 위장한 것이었죠. 금속 성질 같은 건 거의 완벽했는데, 단열재와 쿠션 재질과 구조에서 티가 나더군요. 생각해 봐요. 도대체 누가 콩스탕 기계로 만든 흔해 빠진 기계를 굳이 이런 식으로 복제하겠어요? 제작기 자체가 자기 복제를 하는 기계인데!"

"그렇다면 기계의 데이터는요?"

"그건 모르겠어요. 아이가 4년 가까이 감금되어 있었다는 건 사실일 거라고 생각해요. 마찬가지로 전 별이가 거짓말을 한다고 생각하지도 않아요. 제 생각을 말해 볼까요? 저 바깥에는 독자적으로 고도의 과학 기술을 이룬 어떤 존재가 있어요. 그 존재는 우리를 발견하고 접촉하려 했겠죠. 하지만 일대일 만남은 위험했어요. 우리는 아직 야만적이고 서툴고, 무엇보다 링커 우주선과 기계들에게 감시 당하고 있으니까요. 만남의 충격과 부작용을 완화하기 위해 어느 정도 연출과 속임수가 필요했겠지요. 상자 안에 갇힌 아름다운 외계인 아기 정도면 정말 좋은 도구가 아니었을까요? 일단 우린 그 아이를 덜 두려워할 테고, 위압감도 덜 느낄 테니까요. 아이는 지구인들 사이에서 자라날 것이고 나중엔 두 종족을 잇는 가교가 되어 주겠죠."

"이제 잉마르의 의견에 동의하시는 건가요? 별이가 처음부터 조작된 존재라는?"

가만히 듣고 있던 엄마가 물었다.

"어느 정도는요. 하여간 가짜 상자는 이미 다른 지구인이 지금보다 말이 되는 상황에서 아이와 만났다는 허구를 연출하기 위한 소도구였을 거예요. 아마 그들은 그 연출을 위해 가짜 지구 우주선까지 만들었을지도 몰라요. 하지만 뭔가가 잘못되었지요. 아이가 4년 동안 감금될 수밖에 없었고 에르네스트 비고와 동료들을 죽음으로 몰아갔던 무슨 일인가가 일어났어요. 링커 기계가 거기에 관련되어 있는지는 모르겠어요. 충분히 가능한 일이긴 한데, 그들이 그렇게 사람들을 과장된 공포에 빠뜨렸을 거라고는 생각되지 않아요. 그 사이에 다른 존재가 개입되었을 가능성도 충분히 있어요. 하지만 여기서부터는 단서가 부족해요.

다시 별이 이야기로 돌아가 보죠. 아이는 4년 동안 어떤 접촉도 없이 감금되었다가 구조되었어요. 하지만 그 4년의 공백이 아이의 정신에 엄청난 손상을 가져왔죠. 별이는 지금 고장난 기계예요. 최선을 다하고는 있지만 자기 기능을 제대로 수행하지 못하고 있어요. 여기에 링커 기계들이 은하계에서 독자적으로 발전한 문명들을 격리시키고 있다는 가설이 옳다고 생각해 보죠. 당연히 우리 세계에 떨어진 외계인과 그 외계인과 접촉한 지구인은 모두 파괴되어야 합니다. 하지만 상황이 좀 애매해요. 별이는 그쪽 문명에 대한 어떤 정보도 갖고 있지 않고 우리와의 의사소통도 계속 어긋나고 있으니까요. 그러니까 링커 기계들의 관점에서 보면 아직 별이는 자코메티와 같은 존재인 것입니다. 자코메티가 방치되었다면…… 별이도 마찬가지죠."

그동안 말없이 듣고만 있던 한서 아저씨가 천천히 자리에서 일어났다.

"그러니까 정리하면 이렇게 됩니다."

아저씨는 조금 떨리는 목소리로 말했다.

"우리에겐 외계 문명이 접촉용으로 보냈을지도 모르는 아이가 있습니다. 우리가 있지도 않은 뱀을 보고 정신이 오락가락하는 이유는 그 아이가 우리와 소통을 하려 하지만 아이의 정신이 온전치 않아 의도치 않은 부작용을 일으키기 때문입니다. 벌레 크기의 초소형 웨인들이 마을로 오는 건 아이가 우리와 의미 있는 소통을 할까 봐 감시하는 것이고요. 만약 그들의 기준으로 의미 있는 접촉이 이루어진다면, 우린 웨인들에 의해 크로아토안 당할 것입니다. 아마 이건 처음 있는 일이 아닐지도 모르죠. 차단된 다른 행성들에서 여러 번 일어난 일일 수도 있고 이전 교회 마을 사람들도 그렇게 사라졌는지도 모릅니다. 동의하십니까?"

한센 박사가 고개를 끄덕이자 아저씨는 말을 이었다.

"우연인지 알 수 없지만 마을에서 수백 킬로미터 떨어진 곳에 다른 세계와 연결된 포털일 수도 있는 곳이 있습니다. 링커 기계는 지금 거기서 전쟁 중인데, 아마 그 포털 너머의 존재는 별이와 연결되어 있을지도 모릅니다. 별이는 자신을 보낸 종족에게 구출되기 위해 이곳에 온 것일 수도 있습니다. 지금의 전쟁도 웨인이 그 구출 작전을 막고 있기 때문에 일어나는 중인지도 모르죠. 우린 링커 기계에 대해 꽤 많이 알고 있습니다. 능력과 한계치 모두를 알고, 습관과 성격도 압니다. 우리를 미리 죽여 없애지 않고 소통을 목격할 때까지 기다리는 건 충분히 링커 기계다운 일입니다. 전 이 가설을 받아들이겠습니다. 하지만 문제는 별이를 보낸 종족에 대한 주장이 헐겁기 그지없다는 겁니다. 그건 짐작에 바탕을 둔 짐작일 뿐입니다. 우린 여전히 그들에 대해 모릅니다.

여러분이 저를 어떻게 생각할지 모르겠습니다만, 전 아직도 마을의 이장입니다. 지금처럼 특별한 경우에는 스물한 명의 스웨덴 마을을 포함한 가시덤불2의 인류 전체를 대표하지요. 그리고 가시덤불의 리더로서 전 우선순위를 따질 수밖에 없습니다. 저에게 가장 중요한 것은 이 행성에서 인류의 생존입니다. 그리고 지금 가장 위협이 되는 것은 별이입니다. 오해 마시기 바랍니다. 전 별이를 좋아하고 그 아이가 물에 빠진다면 제 목숨을 바쳐서라도 그 아이를 구할 겁니다. 하지만 그 아이 때문에 150명의 목숨이 위험하다면 전 그 아이를 버려야 합니다. 그 아이의 방문에 우리가 모르는 우주적인 의미가 있다고 해도 리더로서 그래야 합니다.

　그 아이는 인간이 아니니까요."

12

한센 박사의 가설을 접한
마을 사람들의 반응에 대해서

가설은 순식간에 마을에 퍼졌고, 그 즉시 다른 주장들을 제압했다. 그 가설이 처음부터 절대적으로 지지받은 건 아니었다. 하지만 새 가설은 막연한 공포와 불안감만을 공유했을 뿐인 자잘한 주장들에 비해 일관성이 있었다. 여전히 디테일에서는 의견 불일치가 있었지만 (별이는 사람들의 마음을 읽을 수 있는가, 없는가?) 이제 사람들은 하나의 그림을 받아들이게 되었다.

그 그림은 다음과 같은 질문으로 연결되었다. 우리는 별이를 어떻게 해야 하는가.

이제 별이는 단순한 외계 생명체가 아니었다. 그 아이는 시한폭탄이었다. 별이가 금지된 정보를 우리에게 전달한다면, 웨인이 당장 마을로 몰려와 우리를 학살할 것이다. 우리의 시체는 그들의 재료가 될 것이고 우리가 이 행성에 남긴 모든 흔적들은 사라질 것이다. 차단이 풀리고 새 식민자들이 들어오면 폐허가 된 마을을 보며 이러겠지. 아, 그 한국인 마을? 크로아토안 당했어.

마을에 째깍째깍 소리를 내는 시한폭탄이 존재한다면 어떻게 해야 하는가? 수많은 사람들의 머리에 극단적이고 단순한 아이디어가 떠올랐다. 하지만 차마 입 밖으로 꺼내지 못했다. 그들에게도 별이는 특별한 존재였다. 시한폭탄일 수도, 섬뜩한 외계인일 수도 있지만 여전히 우리의 아이였다. 우리가 구출하고 먹이고 입히고 씻기고 말과 노래와 그림을 가르치고 사랑한.

어떻게 그 아이를 죽이자고 말할 수 있겠는가.

별이도 변해 가는 마을의 분위기를 눈치챘던 것 같다. 아이는 서서히 소극적으로 변했다. 밖에서 노는 날이 줄었고 뜻을 알 수 없는 이상한 소리를 내고 장난치듯 달아나는 버릇도 없어졌다. 말수도 줄었는데, 자신에게 적대적인 사람의 목소리로 말하는 걸 꺼려 했다. 한센 박사가 폭탄을 터뜨린 뒤로 아이는 병실과 우리 집을 왕복하기만 했다. 엄마는 마을 사람들과 싸우느라 더 이상 별이를 가르칠 시간이 없었다. 오직 나만이 별이 옆에 붙어 있었다. 우린 말없이 단순한 게임을 했다. 피라미드, 젠가, 모노폴리. 그러다 밤이 되면 미나 언니가 아이를 데리러 왔다. 별이가 병원에 돌아간 후에는 줄곧 비어 있던 병원 앞 공터에 사람 몇이 모여 불 켜진 아이 방을 노려보

왔다.

한서 아저씨가 이장으로서 결단을 내린 건 3월 16일 밤이었다. 그날 유라 언니는 험악해진 마을 분위기를 돌려 보려고 프레스턴 스터지스의 「팜 비치 스토리」를 틀었는데, 이후 벌어진 강당의 개싸움을 누그러뜨리는 데엔 전혀 도움이 되지 않았던 것 같다. 「팜 비치 스토리」는 '유라의 저녁 극장'의 마지막 상영작이 되었다. 그 이후에도 한동안 클로데트 콜베르와 조엘 매크리의 얼굴이 그려진 포스터가 강당 안 전자 액자에 붙어 있었다. 한서 아저씨는 그 포스터 밑에서 자신의 대안을 제시했고 다수결의 지지를 받았는데, 나는 자느라고 몰랐다.

다음 날 별이는 우리 집에 오지 않았다.

걱정이 된 나는 자전거를 몰고 병원으로 향했다. 병원 앞 공터에 스무 명 정도 되는 사람들이 웅성거리며 모여 있었다. 그들은 나를 보자마자 일제히 굳었고 모두가 조용해졌다. 내가 병원 안으로 들어가려 하자 사람들이 가로막았다. 문 옆에 서 있던 미나 언니가 조용히 말했다.

"이제부터 넌 여기 오면 안 돼, 수인아."

"왜? 별이에게 무슨 짓을 한 거예요?"

나는 고함을 질렀다.

"한서 아저씨 명령이야. 이장님이잖니. 우리 모두를 위해 결정한 거야."

그제야 나는 한서 아저씨의 대안을 들을 수 있었다. 어떻게

든 웨인들의 시선으로부터 아이를 감춘다. 아이와 어떤 종류의 의사소통도 하지 않는다. 특히 별이와 이상한 방법으로 소통하고 있는 아이와 별이의 만남을 금한다.

별이의 병실은 순식간에 감옥이 되었다. 처음부터 자물쇠 없이 방치된 감금 시설이었으니 원래의 기능을 되찾은 셈이다. 오로지 미나 언니만이 별이의 방을 찾을 수 있었다. 그것도 끼니를 챙겨 주기 위해서였을 뿐, 안에서 어떤 대화도 할 수 없었다. 갑작스러운 변화에 겁먹은 아이가 울며 날뛰었지만 미나 언니는 외면할 수밖에 없었다고 한다. 별이가 혼자 노래를 부르자 마이크를 껐다. 병원 벽에 그림을 그리자 크레용도 빼앗았다. 아이가 우리에게 정보를 전달할 수 있는 모든 것이 위험했다.

아이를 죽이는 건 아니었다. 그냥 무력화시킬 뿐이다.

하지만 그게 아이가 겪은 4년과 얼마나 다른가.

가장 분노한 것은 솔베리 박사였다. 그는 토착 전염병을 앓고 난 뒤로 건강이 무척 나빠졌지만 그럼에도 불구하고 거의 매일같이 우리 마을을 방문해서 이 상황이 얼마나 말도 안 되는 일인지 떠들어 댔다.

"별이는 우리에게 온 손님이고 선물입니다. 별이를 어떻게 다루느냐에 따라 우리의 가치가 결정됩니다. 이제야 4년 동안 별이가 겪은 고통을 간신히 지우기 시작했습니다. 그런데 이걸 다시 거꾸로 되돌리자고요? 우린 결국 이 정도밖에 안 되는 종족입니까?"

마을 사람들은 솔베리 박사의 말을 듣지 않았다. 심지어 별이를 동정하는 무리들도 귀찮아했다. 그들은 박사를 현실감각 떨어지는 짜증 나는 노인네 취급했다. 심지어 나도 그들이 왜 그렇게 생각했는지 알 것 같다. 솔베리 박사의 연설은 모두 "나도 정체는 잘 알 수 없지만 어쨌든 엄청 심오한 무언가가 저기에 있는데, 그게 너희들 따위의 목숨보다 백배 천배 더 중요해!"로 요약될 수 있었으니.

마을을 찾는 벌레 웨인이 점점 늘어나고 북동쪽 호수에서 번쩍이는 불꽃들이 목격되자 사람들은 겁을 먹었다. 대파 숲에 링커 기계들이 새 지하 기지를 만들고 있다는 소문이 돌았다. 마을 근방에서는 늑대만 한 웨인들이 목격되었는데, 지금까지 링커 기계가 이렇게 가까이 접근한 적은 없었다.

별이가 감금되어 있는 동안에도 이상 현상은 계속 일어났다. 뱀 환각은 여전했고 이제는 벌떼까지 목격되었다. 많은 사람들이 잠들기 전에 환청을 들었다. 별이를 가두는 것만으로는 부족했던 걸까? 이미 별이가 자기 일을 끝내서 사람들은 변하기 시작했던 걸까?

사람들에게 환각이나 환청보다 두려운 건 자기 자신이었다. 우리 마을 사람들 절반은 무릉에서 산 경험이 있었다. 인간이 얼마나 끔찍해질 수 있는지 알 만큼 아는 사람들이었다. 그들은 불타는 고아원과 시체 구덩이 속에서 죽어 간 아이들을 기억했다. 무릉을 떠나면서 이런 지옥을 다시는 겪지 않으리라 맹세했던 사람들이었다. 그런데 이제는 자기 목숨이 위험한 것 같다는 이유로 어린 생명체를 학대하고 있었다. 많은 사람들이 무릉에 대한 악몽에 시달렸다.

그 악몽이 폭발한 건 4월 9일이었다. 진눈깨비가 내리는 축축하고 으슬으슬한 오후, 미나 언니는 언제나처럼 병원 로비 구석에 앉아 죄의식과 두려움에 시달리며 도서관 큐브에서 고른 영국 추리소설을 읽는 둥 마는 둥 하고 있었다.

그때 지하실 도색 작업을 하고 있던 주호 아저씨가 잠시 화장실에 가겠다며 올라왔다. 미나 언니는 이런 시시콜콜한 일을 왜 자기에게 보고하는지 궁금해했지만 아저씨의 재킷 주머니가 이상하게 부풀어 있는 건 눈치채지 못했다.

복도 저편에서 두 발의 총소리가 들렸다. 별이가 감금된 병실이 있는 방향이었다. 그리고 그쪽에는 화장실이 없었다.

미나 언니는 허겁지겁 별이가 갇힌 병실로 달려갔다. 문은 자물쇠가 부서진 채 열려 있었고 제작기로 몰래 만든 게 분명한 권총의 총구가 별이의 이마에 닿아 있었다. 첼로 목소리가 울먹이듯 울려퍼졌다.

언니가 비명을 지르며 벽에 달린 경고 벨을 울리자 주호 아저씨는 어쩔 줄 몰라 하다가 갑자기 자기 입에 총구를 넣고 방아쇠를 당겼다. 총소리와 함께 뇌 조각과 피가 벽에 검붉은 그림을 그렸다. 별이를 밀쳐 내며 시체가 뒤로 쓰러졌다.

언니는 아저씨의 손아귀에서 떨어져 나온 별이를 정신없이 끌어안았다. 별이가 무릉에서 불타 죽은 미나 언니의 엄마 목소리로 호텔 아침 메뉴와 화장실 변기에 대해 중얼거렸지만 언니는 아이를 떨쳐 내지 않았다.

그날 밤, 마을 강당은 전쟁터나 마찬가지였다. 「팜 비치 스토리」 포스터가 박힌 전자 액자 밑에서 이제 사람들은 서로에게 삿대질을 하고 욕을 퍼부었다.

"미나는 주호를 내버려뒀어야 했어! 왜 쓸데없는 짓을 했지?"

"우리 살자고 어린애를 죽이자는 거야? 여기가 무릉이야?"

"어쩔 수 없잖아! 우리가 죽어?"

"그렇게 아쉬우면 네가 직접 총을 뽑지 그래?"

"차라리 애를 스웨덴 마을로 보내는 게 어때? 어차피 곧 죽을 노인네들이잖아!"

"웨인들이 우리랑 그 마을 사람들을 잘도 구분해 주겠다!"

"차라리 아이를 웨인들에게 먼저 넘기는 건 어때? 그쪽에서 처리하겠지."

한서 아저씨는 눈을 감고 무대 한가운데에 서 있었다. 따지고 보면 지금 벌어진 모든 일들은 모두 아저씨의 책임이었다. 선택의 길이 있었는가? 아이와 마을 사람들의 목숨 사이에서 도박을 할 권리가 있었는가? 지금 하고 있는 것이 도박이 아니라면 무엇인가? 도박이 아닌 길이 있기는 했을까?

강당 안이 갑자기 조용해졌다. 일곱 마리의 벌레 모양 웨인이 반쯤 열린 문틈을 통해 안으로 들어온 것이다. 웨인들은 스캔하듯 강당을 날아다녔고 사람들은 마치 땡땡이치다 선생에게 들킨 아이들처럼 멋쩍은 얼굴로 서서 그들을 외면했다. 웨인들은 십여 분 뒤에 강당을 떠났지만 아까의 논쟁은 이어지지 않았고 사람들은 조용히 밖으로 나갔다.

대부분은 미처 터뜨리지 못한 울분을 감싸 안고 자기 집이나 야간작업이 남은 직장으로 돌아갔다. 하지만 요섭 아저씨만은 예외였다. 아저씨는 강당 앞 광장 벤치에 앉아 얇은 적갈색 구름 너머로 보이는 누가와 요한을 말없이 올려다보았다. 마치 궤도를 도는 그 영혼 없는 돌덩이들이 그에게 존재하지 않는 신의 계시라도 내려 주길 바라는 것처럼.

13

별이가 우리 마을을 떠난 날에 대해서

다음 날 아침, 마을 사람들은 금속이 부딪히며 내는 기분 나쁜 소리에 잠을 깼다. 소리의 정체를 확인하려 창문으로 다가간 그들은 생전에 결코 보고 싶지 않았던 광경을 목격하고 말았다.

수십 마리의 웨인이 마을에 들어와 있었다. 모양은 제각각이었지만 절반 정도가 사마귀처럼 날렵한 모습이었고 사람보다 컸다. 가시덤불의 웨인은 대부분 채굴 작업에 동원되었기 때문에 팔다리가 짧고 둔탁한 모습이었다. 사마귀는 새로운 목적을 위해 만들어진 것들이었다. 그 목적이 무엇인지, 사람들은 상상도 하기 싫었다.

이 말도 안 되는 상황에서 그래도 사람들이 조금씩 기어 나오기 시작한 건, 밖에 있는 게 웨인뿐만이 아니었기 때문이다. 요섭 아저씨가 아직도 광장 벤치에 앉아 있었다. 벤치 앞에는 동글동글한 채굴용 웨인 한 마리가 앉아 탁구공 크기의 눈 세 개를 길게 뽑아 요섭 아저씨를 응시하고 있었다.

열 명 정도 되는 사람들이 요섭 아저씨 주변에 모였다. 그중에는 유라 언니와 한서 아저씨도 있었다. 요섭 아저씨는 맞은편의 병원을 가리켰다. 다섯 마리의 사마귀들이 별이가 지금까지 감금되어 있었던 병실 바로 옆의 창문 밑에 모여 있었다.

"아직은 괜찮아요. 저 친구들은 기다리고 있는 거예요."

요섭 아저씨가 말했다.

"뭘요?"

유라 언니가 물었다.

"마지막 한 방을요."

요섭 아저씨는 손가락으로 자기 머리를 쏘는 시늉을 했다.

"결국 소용없는 일이었어요. 아이를 가두고 아이 말을 듣지 않는 것으로 해결될 문제가 아니었어요. 우린 이미 들을 만큼 들었고 변할 만큼 변했는지도 몰라요. 하지만 저들에겐 그래도 마지막 한 방이 필요한 거죠. 그것이 무엇이건. 아마 죽을 때까지 알 수 없겠죠."

"그럼 이제 모든 게 끝인가요?"

한서 아저씨는 말했다.

"아뇨. 이제 드디어 우리가 해야 할 일을 할 수 있게 된 겁니다. 옳은 일요."

요섭 아저씨는 벤치에서 느릿느릿 일어났다.

"이제 모든 길이 위험해졌어요. 그렇다면 옳은 길을 가야지요."

요섭 아저씨는 병원을 향해 걷기 시작했고 두 사람은 그 뒤를 따랐다.

문이 부서지고 피범벅이 된 별이의 이전 병실은 비어 있었다. 하지만 그 옆 병실에는 별이를 끌어안고 벽에 바짝 붙어 웅크려 있는 엄마와 나, 미나 언니가 있었다. 나를 발견한 한서 아저씨는 얼굴을 잠시 찌푸렸다가 폈다. 하긴 이제 와서 나를 나무라 봤자 뭐가 달라지겠는가.

어른들이 머리 위에서 수군거리는 동안 나는 별이에게 새 옷을 입혔다. 안희 아저씨의 걸작 중 가장 예쁜 진줏빛 원피스를 골랐다. 무슨 일이 일어나고 있는지, 저들이 무슨 일을 꾸미고 있는지는 알 수 없었지만 우리가 떠나게 될 것이라는 건 알 수 있었다. 이 외출이 우리와 별이 모두에게 중요하다면 별이는 최고로 아름다워야 했다.

우리는 창밖에서 노려보는 웨인들의 시선을 받으며 병실을 나섰다. 차고에 도착한 우리는 솔베리 박사가 수리해 달라고 맡겨 놓았던 복사판 볼보 차 쪽으로 갔다. 가득 찬 에탄올 연료를 확인한 유라 언니가 운전석에 앉았다. 요섭 아저씨가 그 옆에, 나와 별이, 엄마가 뒤에 탔다.

"수인이가 가도 괜찮을까요?"

미나 언니가 물었다.

"남는다고 덜 위험할까요?"

엄마가 어이가 없다는 듯 되물었다.

한서 아저씨가 크랭크로 차고 문을 열자, 유라 언니는 천천히 차를 몰았다. 병원 앞을 지키고 있던 사마귀 웨인들이 차의 진행 방향으로 걸음을 옮겼지만 급박한 모습은 아니었고 공격적으로 보이지도 않았다. 마을을 벗어난 차는 돌담을 반 바퀴 돌다가 북쪽으로 방향을 잡았다.

그제야 간신히 사정을 눈치챌 수 있었다. 요섭 아저씨는 감금을 통해 현상 유지를 택한 한서 아저씨나 언제든지 아이의 목을 딸 수 있는 폭도로 변한 마을 사람들과는 다른 도박을 한 것이다. 있을 수도 있고 없을 수도 있는 별이의 창조주에게 별이를 맡기는 것. 지금껏 가장 위험한 도박이었다. 자칫하면 웨인의 성미를 그르쳐 크로아토안을 앞당길 수도 있었다. 하지만 웨인들이 마을을 정복하고 마지막 신호를 기다리고 있는 지금으로서는 가장 이성적인 선택이었다.

"우린 별이를 가족들에게 데려다주려는 거야."

엄마가 다소 자신 없는 목소리로 말했다.

그때 내가 어떤 기분이었는지 정확하게 기억나지 않는다. 별이가 떠난다는 것은 친구를 잃는다는 뜻이었다. 오로지 우리 둘만이 공유했던 언어를 잃는다는 뜻이었다. 일이 계획대로 잘 풀려도 결코 이전의 삶으로 돌아갈 수 없다는 뜻이었다. 하지만 당시에는 슬픔보다 당혹감이, 당혹감보다는 링커 기계에 대한 분노가 더 컸던 것으로 기억한다. 도대체 너네가 뭔데, 우리가 뭘 했길래 이러는 거야? 별이와 내가 한 일이라곤 기껏해야 피라미드 게임과「루니 툰즈」마라톤 감상 정도였는데. 우린 책에서 본 깊은 우정을 나눌 기회도 없었어!

사마귀들은 여전히 차 양 옆에 있었다. 속도를 높여도 그들은 자동차 도로 옆에서 느긋하게 다리를 놀리며 따라붙었다. 태도는 여전히 중립적이었다. 공격적이지도 않았고 조바심 내는 것 같지도 않았다. 그들은 구경꾼이었다. 놓치지 말아야 할 구경거리가 차 안에 있었다.

갑자기 쾅 하는 소리와 함께 차가 흔들렸다. 앞뒤의 유리가 깨지고 주먹만 한 구멍이 났다. 유라 언니가 비명을 질렀다. 무언가 나와 별이의 위를 스치듯 지나가 요섭 아저씨의 머리를 절반 정도 날려 버렸던 것이다. 그 순간부터 요섭 아저씨는 존재하지 않았다. 가시덤불은 이제 온전히 무신론자들만의 행성이었다.

"배신자들!"

유라 언니가 짧게 내질렀다.

엔진 소리와 함께 한 무리의 모터바이크와 자동차 두 대가 시야에 들어왔다. 제작기로 만든 정체불명의 총기들로 무장한 남자들이었다. 엄마의 몸 밑에 깔려 자세히 볼 수는 없었지만 모두 내가 몇 년 동안 알고 지내던 사람들임이 분명했다. 이 행성에 내가 모르는 사람이 단 한 명이라도 있었던가?

지금은 별로 화도 나지 않는다. 우리가 옳다고 생각하는 위험한 길을 선택했던 것처럼 그들도 자신들이 옳다고 생각하는 길을 택한 것이다. 너무 늦기 전에 그 외계인 아이를 죽여 마지막 한 방을 막는 것. 링커 기계에게 충성을 보여 주는 것. 이렇게까지 했으니 제발 살려 달라고 비는 것.

두 번째 폭발음이 들렸다. 유라 언니가 잽싸게 차를 오른쪽으로 꺾었고 발사된 그 무언가는 왼쪽 차체를 아슬아슬하게 스치고 지나갔다. 하지만 차는 비무장이었다. 언제까지 버틸 수 있을까.

세 번째 폭발음이 들렸을 때 나는 엄마 품에서 별이의 손을 꼭 움켜쥐고 눈을 감았다. 하지만 각오했던 고통은 느껴지지 않았다. 이번에도 빗나간 걸까?

그게 아니었다. 세 번째 폭발음은 다른 차에서 나온 것이었다. 무장한 트럭 한 대가 우리와 마을 사람들 사이에 끼어들었고 아슬아슬한 순간에 우리를 노리고 있던 차 한 대를 날려 버린 것이었다. 스웨덴 사람들이었다. 그들은 스피커로 우리와 저들에게 뭐라고 소리를 질렀는데, 나는 엄마 품에 묻혀 있어 잘 알아듣지 못했다. 하지만 중간에 섞여 들린 여자 목소리는 한센 박사였던 게 거의 확실하다.

마을 사람들과 스웨덴 트럭은 점점 뒤로 사라져 갔다. 총소리와 폭발음은 점점 작아져 갔다. 하지만 안심하기는 일렀다. 노친네들이 언제까지 막아 줄 수 있을지는 아무도 장담하지 못했다.

그때였다. 그레고리 펙이 쩌렁쩌렁한 목소리로 고함을 지른 것은.

"좌현으로! 미스터 스타벅!"

그 목소리에 거의 반사적으로 반응한 유라 언니는 차를 왼쪽으로 꺾었다. 나는 어리둥절해져서 백여 년 전에 죽은 할리우드 배우의 목소리로 우리에게 명령한 별이를 바라보았다. 별이는 엄마 품에서 빠져나와 등을 꼿꼿하게 세우고 앉아 있었다. 그 아이는 우리 차 안에서 무엇이 어떻게 돌아가고 있는지 알고 있는 유일한 존재, 우리의 선장이었다.

우리는 원래 목적지인 교만 호수의 성채로 가는 길에서 완전히 벗어나 질투 호수 쪽으로 달렸다. 여전히 웨인들이 따라오긴 했지만 이제 두 마리로 수가 줄어들어 있었다. 나머지 셋이 무엇을 하고 있는지는 짐작할 수 있었다. 부서진 기계와 시체들을 그냥 지나칠 수 없었겠지.

차는 질투 호수의 부두에서 멈추었다. 부두에는 우리 마을에서 생물학 연구와 수산물 채집용으로 쓰는 두 대의 작업선이 묶여 있었다. 첫 번째 배 이름은 '고요한 바다'였고 다른 하나는 '행복한 항해'였다. 모두 유라 언니가 붙인 이름이었다.

질투 호수는 모든 면에서 교만 호수와 정반대였다. 교만 호수의 물은 산화철에 붉게 물들어 있었고 바다는 진흙탕으로 지저분했지만 질투 호수의 물은 수정처럼 맑았고 깨끗한 모래가 수십 미터 깊이까지 깔려 있었다. 마을 사람들이 먹는 수산물 대부분이 질투 호수에서 나왔다.

차에서 나온 나는 아침 햇빛으로 빛나는 수면이 조금 이상하다는 사실을 눈치챘다. 저 멀리 호수의 한 부분이 기름을 뿌린 것처럼 무지개색으로 반짝이고 있었고 물밑에서 거대한 쟁반이 흔들리는 것처럼 둥그렇게 찰랑거렸다.

나는 어찌 된 영문인지 당시에는 알아차리지 못했다. 하지만 지금까지 내 글을 충실하게 따라온 독자라면 무슨 일인지 눈치챘을 것이다. 인간들이 이 둘을 연결해 발전소를 세울 수 있다고 생각한다면 교만 호수에 있는 존재가 비슷한 생각을 품은 것도 당연하지 않은가?

내가 아직 완전히 이해하지 못하는 것은 당시 링커 기계와 그 존재의 지능 게임이 진행되는 과정이었다. 우리가 생각할 수 있고, 호수 밑 존재가 생각할 수 있었다면, 링커 기계 역시 생각해 낼 수 있었을 것이다. 이건 양측이 패를 펼쳐 놓고 하는 게임이었다. 링커 기계들이 이에 대해 전혀 모를 수는 없었을 것이다. 질투 호수의 포털은 전쟁 중의 기습이 아니라 이미 끝난 전쟁의 결과였던 걸까? 아니면 인간에 대한 개입을 최대한 뒤로 미루는 링커 기계의 습관이 여기에도 영향을 끼쳤던 걸까?

"전원 승선!"

별이가 찰스 로튼의 목소리로 외쳤다. 우리는 총소리라도

들은 것처럼 일제히 행복한 항해를 향해 뛰었다. 웨인들은 우리 뒤를 쫓지 않았다. 한 마리는 버려진 볼보에서 요섭 아저씨의 시체를 끄집어내고 있었고 다른 한 마리는 조각처럼 굳은 자세로 우리와 행복한 항해 쪽을 바라보고 있었다.

유라 언니가 조이스틱을 잡자 행복한 항해는 무지갯빛으로 빛나는 포털을 향해 다가갔다. 배가 가까이 접근하자 물뿐만 아니라 그 위의 공기까지 반짝이기 시작했다. 아주 작은 눈꽃처럼 생긴 물질이 하늘에서 내려왔다. 그것은 차갑고 날카로웠으며 몸에 닿자마자 금방 승화해 버렸다. 순식간에 배는 하얀 안개에 포위되었다.

배가 흔들리며 회전했다. 그와 함께 중력이 뒤틀리는 것이 느껴졌다. 나는 의자에 앉아 창틀 옆 손잡이를 움켜쥐고 창밖을 바라보았다. 안개 너머는 서서히 초록색으로 변해 가고 있었다. 마치 반짝이를 뿌린 거대하고 반투명한 초록색 공 내부에 있는 기분이었다.

내 옆에 앉아 눈을 감고 5음계의 자장가를 흥얼거리고 있던 별이가 노래를 멈추고 갑자기 자리에서 일어났다. 우리의 시선을 모은 아이는 슬픈 미소, 적어도 우리가 그렇게 읽은 표정을 지으며 말했다.

"모두 안녕."

그리고 아이는 조금의 주저 없이 문을 열고 밖으로 나갔다.

우리는 겁에 질려 각자의 의자에 얼어붙은 채 휘청거리며 갑판 위를 걷는 별이를 바라보았다. 갑판 한가운데에 선 별이는 돌아서서 창 너머에서 우리에게 손을 한 번 흔들더니 눈을 감고 공중으로 떠올랐다. 입고 있던 옷과 구두는 가루가 되어 사방으로 흩어졌고 몸은 초록색 배경 속에서 녹아 없어져 버렸다.

14

그 뒤 우리에게 일어난 일에 대해서

내가 다시 정신을 차렸을 때, 창밖의 하늘은 이미 어두웠다. 하지만 그것만으로는 얼마나 시간이 흘렀는지 알 수 없었다. 밤하늘을 기우뚱하게 가로지르는 하얀 링만으로도 내가 있는 곳이 가시덤불이 아님을 알 수 있었다.

나는 비틀거리면서 일어나 갑판으로 나갔다. 행복한 항해가 떠 있는 곳은 사방에 반짝이는 작은 섬들이 널려 있는 바다였다. 하늘은 두 겹의 하얀 링에 의해 둘로 갈라져 있었고 군데군데 솜뭉치처럼 흩어져 있는 회색 구름 사이로 별들이 보였다. 나를 포함한 가시덤불 마을 사람들이 직접 만들고 이름을 붙였던 별자리들은 보이지 않았다.

그들은 어떻게 되었을까. 웨인들은 결국 학살을 진행했을까? 아니면 우리의 행동이 그 학살을 막았을까?

안경을 쓰고 갑판에서 유라 언니와 함께 하늘을 올려다보고 있던 엄마는 손가락으로 하늘의 한 점을 가리켰다.

"솔이야."

솔. 지구의 태양. 저 별이 저렇게 밝다니.

나는 주머니에서 안경을 꺼내 쓰고 그동안 행복한 항해의 컴퓨터가 쌓은 정보들을 읽어 내려갔다. 우리가 도착한 태양계의 위치, 행성의 공전과 자전 주기, 대기 성분. 물론 그 어떤 것도 우리가 어떻게 이곳에 도착했는지 알려 주지 않았다.

"네 옷을 한번 만져 봐."

유라 언니가 말했다.

나는 아무 생각 없이 입고 있는 카디건을 만졌다. 겉보기엔 내가 2년째 입어 왔던 바로 그 옷이었다. 하지만 지나치게 새 것 같았고 촉감이 조금 달랐다. 나는 신고 있는 운동화를 내려다보았다. 같은 모양이었지만 새것이었고 조금 다른 재질로 만들어진 것 같았다.

유라 언니가 설명했다.

"배 안에 있는 모든 것들이 복사물로 바뀌었어. 행복한 항해도 사실은 행복한 항해가 아닐지도 몰라."

나는 "그럼 우리는?"이라고 묻고 싶었지만 참았다. 그 질문은 너무 거대했고 그만큼이나 무의미했다.

엄마와 유라 언니가 링커 우주와 별이 우주에 대한 여러 가설들을 놓고 토론하는 동안, 나는 하늘을 올려다보며 별이와 별이의 마지막 말에 대해 생각했다. *모두 안녕.* 그때서야 나는 그 목소리가 지금까지 내가 들었던 누구의 목소리와도 달랐다는 사실을 알아차렸다. 차분하지만 다소 떨리는 듯한 여자아이 목소리. 나는 그것이 별이의 진짜 목소리라고 믿었다. 별이는 그때 처음으로 우리에게 자신을 열어 보였던 걸까? 나는 반짝이를 뿌린 초록 공 같던 그 존재에 대해 생각했다. 그 존재는 별이를 흡수했을까? 별이가 그동안 겪었던 경험은 그 공에게 어떤 의미일까? 그 공에게 우리와 마을 사람들, 지구인들은 어떤 존재일까?

멀리서 반짝이던 섬 하나가 점점 가까워졌다. 안경으로 확대해서 보니 그건 섬이 아니라 거대하고 둥그런 쟁반 모양 배였다. 조금 더 확대해 보니 배 위에는 지구인임이 거의 확실한 존재들이 열 명 정도 모여 우리에게 손을 흔들고 있었다. 귀를 기울이니 희미한 음악 소리도 들렸다. 글렌 굴드가 연주하는 골드베르크 변주곡의 첫 번째 아리아였다. 그들은 그 음악을 통해 자신들은 낯선 존재가 아니니 겁먹지 말라고 우리에게 외치고 있었다.

저들은 진짜 지구인들일까? 아니면 순진한 우리를 먹어 삼키기 위해 창조된 미끼일까? 저들이 지구인들이라면 링커 우주와 별이 우주의 경계선 사이에서 사라진 수많은 사람들 중 일부일까? 아니면 자신의 힘으로 링커 우주가 세운 벽을 뚫고 다른 우주로 진출한 탐험가들일까? 우리가 있는 곳은 거대한 수용소일까? 아니면 다른 별들을 향해 열린 길일까?

유라 언니가 손짓을 하자 천장 위에 접혀 있던 행복한 항해의 돛들이 일어나 바람을 안고 부풀어 올랐다. 우리는 수많은 질문의 대답이 기다리고 있는 반짝이는 배를 향해 천천히 앞으로 나아갔다.

15

「별이 이야기」에 대해서

지구 문명이 링커 우주에 편입된 뒤로 가장 인기를 끌었던 우주 전설 소재는 링커 우주를 공유하거나 외부의 다원 우주에 존재하는 다른 문명과의 만남이었다. 이는 20세기 UFO 괴담과 여러모로 유사했으며 그 대부분은 스스로를 증명하지 못하고 전설로만 남았다. 2157년 현재까지 지구인들이 링커 기계를 제외한 다른 문명권과 만났다는 증거는 단 하나도 없다.

「별이 이야기」는 그중 가장 유명한 이야기지만 자기 증명의 차원에서 보면 미심쩍은 건 마찬가지다. 일단 출처부터 수상하다. 이 이야기는 2098년부터 스코티시 루트의 도서관 큐브 여기저기에서 베이직 텍스트 파일 형태로 발견되었는데, 내용만으로는 어떻게 이 파일이 큐브들을 감염시켰는지 알 수 없다. 별이의 창조주나 이 이야기의 화자가 소위 '포털'을 통해 우리 세계를 방문했다는 증거 역시 없다. 펠릭스 라킨의 포털 이론 역시 여전히 가설로만 남아 있고 그마저도 서서히 인기를 잃어 가는 중이다. 마지막 장에 언급된 '솔이 그렇게 밝게 보이는' 행성계의 위치 역시 끝까지 밝혀지지 않았다.

그럼에도 불구하고 「별이 이야기」는 떠도는 다른 소문들에 비해 그럴듯한 기반을 갖추고 있다. 이 이야기의 무대가 되는 가시덤불2는 실제로 2069년부터 지금까지 차단된 상태이다. 이야기는 당시 코리안 루트 76번 지역에 살았던 한국어 사용자의 미세한 특징도 담고 있는데, 그중 하나는 '언니'와 '아저씨'를 대칭어로 쓰는 경향이다. 이 이야기의 화자로 여겨지는 지수인, 텍스트에서는 그냥 엄마라고 불리는 지혜인, 그리고 잉마르 솔베리와 아니카 한센을 포함한 대부분 인물들에 대한 정보가 존재하며 이들은 이야기와 일치한다.✝

이 이야기에서 가장 설득력이 있는 부분은 아로낙스와 에르네스트 비고에 대한 정보이다. 프랑스 우주군 소속 아로낙

✝ 단지 두 명만은 예외이다. 이야기 속에서 요섭 아저씨라고 불리는 인물로 추측 가능한 것은 무릉1의 평화교회 목사였던 조셉 민으로, 무릉의 마지막 종교 폭동 때 이슬람 고아원 아이들을 지키다가 폭도들에게 참수당했다. 그 이외에 당시 코리안 루트 주변에 살았던 '요섭'에 대한 정보는 없다. 유라 언니라고 지칭되는 인물에 대한 정보 역시 없으며 이 인물이 지구를 방문했을 당시로 추정되는 시기의 글래스고 공항의 기록에도 자료는 남아 있지 않다. 하지만 이는 이들이 허구의 인물이라는 증거가 되지 않는다.

스는 실제로 존재한 우주선이었고 2063년 쥘 베른 행성계에서 임무 수행 중 실종되었으며 에르네스트 비고는 이 우주선의 과학 장교였다. 실종 상황의 비정상성에 대한 정보는 2113년까지 은폐되었으므로 아로낙스와 비고의 이름이 그냥 무작위 삽입되었다면 그것은 지극히 희귀한 우연의 일치일 것이다. 착륙선의 일련번호 UFT-33259 역시 실제하고 이 정보 역시 2113년까지는 유출되지 않았다.

별이의 자매들에 대한 목격담은 2098년 이후 은하계 이곳저곳에서 보고되지만 대부분 「별이 이야기」나 이 이야기를 바탕으로 한 수파와디 찬뜨라센의 소설 『별의 아이』의 영향을 받은 것으로, 신빙성이 떨어진다. 마찬가지로 성인이 된 지수인이 버스 정류장이나 대합실에서 혼자 기다리는 승객에게 다른 문명의 메시지를 전달했다는 식의 이야기는 지구 기독교 계열 도시 전설의 아류로 보인다.

포털 목격담 중 사실임이 증명된 것은 없으며 이 문명권에 대한 전파고고학적 증거도 아직은 없다. 만약 가시덤불의 주민들이 차단 이후 의미 있는 정보를 이웃 식민지에 전송했다고 해도 우리 세계에 도착할 때까지는 앞으로 437년을 더 기다려야 할 것이다.

나나의 테크니컬러 유니버스

1

"레슬리 카롱처럼 말하는군요."

직원이 신기하다는 듯 말했다.

"정말 프랑스어 행성에서 오셨나요? 거기 이름이 뭐라고요?"

"라바스쿠르-2요."

나나가 대답했다.

"라바스쿠르. 철자가 어떻게 되는데요?"

"L.A.B.A.S.S······ 주세요. 제가 직접 쓸게요."

나나는 최대한 무례해 보이지 않게 노력하며 직원의 노트와 펜을 빼앗아 나머지 빈칸을 채웠다.

"이름이 나나인가요? 별로 프랑스 이름 같지 않은데?"

"그 이름을 가진 프랑스 소설 주인공이 있지요. 제법 악명이 높은."

"할리우드에서 영화로 만들었을까요?"

"하나 있어요. 별로 유명하지는 않은데, 안나 스텐이라는 배우가 나와요. 영화사에서 그 사람을 제2의 그레타 가르보로 만들려고 했지만 안 되었지요. 그걸 놀려 댄 노래도 있어요."

"잘 아시네요."

"자꾸 물어보니까요."

"프랑스어로 몇 마디 해 주실 수 있으세요?"

"Parlez-vous français?+"

"그것 말고요."

"Quand pourrais-je sortir d'ici?"

"무슨 뜻이에요?"

"언제 나갈 수 있어요?"

"회사에서 조금 기다리라고 연락이 왔어요. 선택의 여지가 없어요. 영화배우 외모시니까요."

"하지만 전 할리우드 영화 속 백인 여자들처럼 안 생겼어요."

"그래도 지구인처럼 생겼잖아요. 거기 행성 사람들은 다 그런가요?"

+ 프랑스어 할 줄 알아요?

"그런 셈이지요. 다들 저 같아요. 지구 동아시아 여자들 외모 스펙트럼 어딘가."

"남자 모습을 한 사람들도 있나요?"

"남자 모습이 무슨 뜻이냐에 따라 답이 다르겠지요."

문이 열리고 무지갯빛으로 반짝이는 깃털이 인상적인 존재가 들어왔다. 옷은 입지 않았지만 자기 몸에서 떨어져 나온 것이 분명한 깃털이 달린 작은 모자를 쓰고 있었고 회사 임원이라는 걸 보여 주는 이름표를 목에 걸고 있었다.

"내 새 영화배우 어디 있어, 진저!"

쩌렁쩌렁한 콘트랄토가 울려 퍼졌다.

진저라고 불린 직원은 원뿔형 까만 손톱이 달린 황금색 손가락으로 낡은 캐리어 위에 앉아 안절부절못하고 있는 나나의 불안한 얼굴을 가리켰다.

"전 영화배우가 아니에요."

나나가 말했다.

"영화배우처럼 생겼고 영화배우처럼 말하는데 영화배우가 아니라고? 도대체 무슨 소리야!"

임원이 말했다.

"우리 행성계에선 그런 걸 만들지 않아요. 연극은 하지만요."

"아하, 그럼 연극은 했나?"

"발레를 좀 했어요."

포기한 나나가 웅얼거렸다.

"아, 춤을 췄군. 자넨 제2의 레슬리 카롱이 될 운명이야. 어떻게 생각해, 달링?"

"그럴 리가 없어요. 그리고 전 여기서 할 다른 일이 있어요, 진짜로 중요한……."

"여기서 영화 만드는 것 말고 중요한 게 뭐가 더 있다는 거지? 아니, 여기서 영화 만드는 것 이외에 다른 무슨 일이 있다는 거지?"

"저에 대해 뭘 아시는데요?"

"그거야 차차 알아 갈 일이지."

커다란 무지개색 손이 나나의 어깨를 집어 올렸다. 진저는 어쩔 수 있느냐는 듯 흰자위 없는 까만 눈을 깜빡이며 미소를 지었고 곧 책상 위에 놓인 다른 서류 작업으로 돌아갔다. 엉거주춤 일어난 나나는 그때서야 간신히 임원의 이름표에 새겨진 글자를 읽을 수 있었다. 모이라 애슈턴.

2

나나는 모이라 애슈턴의 손에 끌려 지금까지 갇혀 있던 2층 건물에서 나왔다. 솜사탕 같은 핑크색 구름이 공항 위 하늘 절반을 덮고 있었고 아자니 세 마리가 춤추듯 그 안에서 놀고 있었다. 그중 한 마리가 나나를 이곳, 카후엥가-5로 데려다주었다. 옥사나에서 카후엥가 행성계로 직접 가는 아자니를 만날 수 있어서 다행이었다. 두 달 넘게 스코티시 루트를 함께 여행했던 길잡이는 이렇게 운이 좋기가 쉽지 않다고 말했다.

모이라는 광장에서 기다리고 있던 커다란 핑크색 자동차 안에 나나와 캐리어를 밀어 넣었다. 운전석에 앉아 있던 나무 퍼펫처럼 생긴 인형이 고개를 어색하게 끄덕였고 차는 느릿느릿 광장을 떠났다. 인형이 진짜 로봇인지, 아니면 인공 지능이 달린 차의 장식인지는 알 수 없었다.

광장을 벗어나자 노란 풀로 뒤덮인 평원이 이어졌다. 군데군데 보이는 금속 탑들은 촬영 장비 같았다. 탑 주변에서는 옛날 지구 옷을 입은 지구인처럼 생긴 배우들과 그렇게까지 지구인처럼 보이지 않는 스태프들이 모여 뭔가 열심히 하고 있었다.

"어떤 배우를 좋아하지, 나나 라바스쿠르?"

모이라가 물었다.

"말해도 모를 텐데요. 대부분 우리 행성 사람들이에요. 주로 뮤지컬 배우."

"내가 무슨 이야기를 하는지 알 텐데. '고전 배우' 말이야."

"아, 그레타 가르보? 그런데 제가 가장 먼저 본 「크리스티나 여왕」은 인공 지능이 만든 가짜였어요. 메르세데스 드 아코스타의 각본을 따른. 그 각본이 진짜인지는 몰라도 크레디트에 그렇게 나와 있었어요."

"그건 신성 모독이 아닌가?"

"그래도 꽤 잘 만들었어요. 그걸 만든 인공 지능은 아마 지금 올리비에의 일부가 되었겠지요. 그 안에서 무엇을 하고 있을까요. 그 뒤에도 존재한 적 없는 그레타 가르보의 영화들을 꿈꾸고 있을까요?"

"다른 사람은?"

"시드 셔리스? 엘리너 파월? 댄서들을 좋아해요. 레슬리 카롱도요."

"'남자'들은?"

"제임스 스튜어트나 케리 그랜트? 보세요, 전 평범해요. 저도 할리우드 고전 영화 좋아해요. 표준 영어 익히느라 많이 봤고요. 하지만 가장 좋아하는 것은 아니에요."

나나는 주섬주섬 셀을 꺼내 영상 앨범을 열었다.

"자네 행성의 뮤지컬이야?"

"네, 제가 좋아하는 배우예요. 엘로디 드 퐁텐."

"무슨 역인데?"

"우리 역사 이야기니까 모를 거예요. 우린 표준력으로 몇세기 동안 차단되어 있었고 그동안 여러 험악한 일들이 일어났거든요. 그리고 전부 뮤지컬 소재가 됐어요."

"종종 갑작스러운 차단은 우리를 재료로 이야기를 만들려는 링커 로봇들의 계획이 아닌가 싶어."

"차단된 행성에서만 이야기가 만들어지는 건 아니죠."

모이라는 셀 화면 속에서 춤추고 노래하는 엘로디 드 퐁텐의 모습을 한참 바라보다 부드럽게 말했다.

"예쁘네."

"저 도톰한 코가 정말 예쁘지 않아요? 하지만 20세기 할리우드 사람들, 그러니까 루이스 B. 메이어 같은 사람들은 그렇게 생각하지 않았을 거예요. 전 20세기 서양 사람들의 미적 기준에 대한 글들을 읽었어요. 엘로디는 그중 절반도 통과하지 못해요. 당시는 웃을 때 눈이 감기는 것도 패션 모델에게 감점 요인이었대요. 어이가 없어서. 그게 얼마나 예쁜데. 자기네들은 털 빠진 새처럼 생겼으면서 평가질은……."

나나는 허겁지겁 말을 끊었다.

"죄송해요."

모이라는 뭉툭한 부리를 딱딱거리며 웃었다.

"괜찮아. 이 일을 한 세기 넘게 해 오면서 외모 비하적인 온갖 표현들에 익숙해졌으니까. 그게 별 의미가 없다는 건 알아. 무엇보다 우린 관대하지. 우린 대부분 인간보다 아름다우니까. 몇몇 인간은 우릴 징그러워하지만 그건 질투해서 그러는 거잖아."

"정말 조류세요?"

"모계 쪽으로 쭉 거슬러 가면 아름답고 똑똑한 까마귀 무리에 닿아. 그 새들은 아자니를 타고 은하계 곳곳에 흩어졌지. 그리고 몇몇은 파르하스 나 네언이라고 불리는 우리 고향별에서 번성했어. 인간과 비슷한 모습으로 변해 가는 동안 인간들은 자기네 유전자를 오염시키는 새들을 좋아하지 않았지. 배은망덕한 것들. 자기네 딸들에게 밋밋한 갈색 털실 같은 머리카락 대신 아름다운 깃털을 주었는데. 그래서 몇 번 전쟁이 일어났지만 지금은 다들 잘 지내. 아무래도 남자들이 없어졌고 다들 끊임없이 변해 가는 새로운 세상에 익숙해졌으니까.”

“우리 행성은 그렇게 빨리 바뀌지 않을 거예요. 모두 불임이거든요. 데이터 뱅크의 유전자 정보를 포육 기계 안에 넣어 아기들을 만들지요. 길게 이어지는 모계 자체가 존재하지 않아요.”

“언젠가 카후엥가의 캐스팅 디렉터들이 그곳을 찾을지도 모르겠네.”

“불가능해요. 지금도 차단되어 있거든요.”

모이라의 눈가 깃털들이 바짝 섰다.

“그건 무슨 소리지?”

“말 그대로예요. 그래서 우린 아자니에게 의존하는 대신 직접 준광속 우주선을 만들었어요. 차단되지 않은 가장 가까운 행성계인 바라타리아가 8광년 정도 떨어져 있었으니 해 볼 만한 시도였어요. 관성 통제 기술을 적용해서 순간 가속이 가능하고 정말 딱 8년 걸려요. 우주선 안의 시간은 그냥 몇 주 정도 흐르고요. 제가 탄 건 세 번째 우주선이었는데, 당시엔 열두 대가 만들어졌고 더 만들어질 계획이었어요. 승객 절반은 바라타리아에 내려요. 나머지 절반은 아자니가 우리에게 허용하지 않는 링커 우주 사이의 다른 행성계로 가요. Et avancer hardiment là où personne n'est jamais allé.[✦]"

"멋지네."

"우리가 처음은 아니에요. 관성 통제 기술은 처음일 수도 있겠지만. 그것도 곧 쓰는 사람들이 늘어나겠죠."

"그렇다고 덜 멋져지는 건 아니잖아. 자, 여기야. 모이라 애슈턴의 왕국."

나나는 창밖으로 눈을 돌렸다. 가장 먼저 보이는 것은 '애슈턴 프로덕션'이라고 새겨져 있는 화려한 청동 간판이었고 그다음은 그 밑에 있는 묵직한 나무문이었다. 그리고 그 나무문은 중세 유럽에 지은 것 같은 높은 성벽에 나 있었다.

둔탁하게 열리는 나무문을 통과해 들어가니 그곳은 '꿈의 공장'이었다. 허구의 세계를 배경으로 하는 허구의 이야기를 필름에 담으려고 일하는 수많은 사람들이 분주하게 오가고 있었다. 1940년대 할리우드와 다른 점이 있다면, 그때의 지구인을 닮은 사람들은 소수이고 인종도 비교적 다양하다는 것이었다.

"여전히 백인들이 많네요."

✦ '그리고 아무도 가 보지 않은 곳으로 대담하게 나아간다.'라는 뜻으로, 영화 「스타 트렉」의 캐치프레이즈이다.

나나가 말했다.

"아무래도 이 세계는 보수적이니까. 자네 행성과 같아. 과거의 게임을 끊임없이 반복하지. 언제까지 변화 없이 남아 있지는 않을 거야. 하지만 그래도 목표는 그대로겠지. 할리우드 영화를 만드는 것. 진짜 배우를 앞에 놓고 진짜 필름을 돌리면서. 그리고 자네도 그 일부가 되는 거야. 나나 라바스쿠르."

나나는 캐리어를 끌고 차에서 내렸다. 지구인을 닮은 사람들 몇 명이 반갑다는 듯 손을 흔들었다. 어색한 미소를 지으며 그들에게 화답하다 보니 점점 혼란스러워졌다. 내가 여기서 뭐 하고 있는 거지.

3

"아, 라바스쿠르, 들어 본 적 있어요."

펌이 말했다.

"코리안 루트에 있죠? 차단된 행성계. 직접 항성 간 우주선을 만들어 쏘아 올린다는. 제 친구의 친구의 친구가 그곳 출신 사람 한 명을 알아요. 여기에도 있나? 아냐, 없어요. 여기 등록되어 있는 배우들을 다 합쳐 봐야 삼천 명 정도인데, 있다면 제가 모를 리가 없고. 봐요, 없어요."

"제가 여기서 뭘 하고 있는지 모르겠어요."

나나는 펌이 내민 셀의 화면을 건성으로 보며 말했다.

"배우잖아요. 뮤지컬 배우. 오디션도 통과했잖아요."

"모이라가 카메라 테스트 끝나자마자 억지로 오디션장에 밀어 넣었어요."

"그리고 합격해서 여기로 왔잖아요. 너무 부담 가질 필요 없어요. 그냥 춤 두 번 추고 나머지 시간에 내 대사를 받아 주기만 하면 되는걸."

사실이 아니었다. 며칠 전까지만 해도 「안의 비밀 정원」이라고 불렸던 「36번가의 연인들」에서 나나가 맡은 '린'은 은근히 큰 역이었다. 비중만 따져도 두 주인공 안과 장 다음이었다. 몇 달 전까지만 해도 영화배우가 될 거라고는 상상도 하지 못했던 사람에게 이런 짐을 떠넘기다니. 하지만 그건 카후엥가-5의 논리였다. 지구인처럼 생긴 존재는 반드시 배우로써 활용되어야 할 자산이었다. 당사자의 의견이나 의지는 중요하지 않았다.

"각본이 참 별로예요. 누가 쓴 거예요?"

나나가 물었다.

"아, 과연 책임을 질 작가가 있다고 할 수 있을까. 여기선 넘쳐나는 게 각본이고. 대부분 조각난 채 창고에서 썩고 있다가 상황에 맞추어 조립돼요. 노래도 마찬가지고 춤도 마찬가지. 초대형 스타들이 나오는 큰 프로젝트는 조금 더 공을 들이긴 하지만, 아무래도 여긴 기성품 라인이니까."

"제가 여기 온 것도 그 상황의 일부일 수 있을까요."

"왜 아니겠어요. 그쪽 뮤지컬은 안 그래요?"

"제 고향에서는 누가 쓰고 만드는가가 정말 중요해서요. 작가나 작곡가가 이렇게 뒤로 밀려나는 일은 없어요."

"여기서는 누가 썼느냐보다 얼마나 아름답고 재미있는지가 더 중요해요."

"하지만 1930년대 하노이가 무대인데, 베트남 여자와 프랑스 남자가 연애하는 게 어떻게 로맨틱하고 즐거운 소재인가요?"

"그때도 로맨틱한 사랑은 있지 않았을까요. 사람은 다들 제각각이고. 장도 좋은 사람이네요. 프랑스인 지주가 안의 카페를 없애려 하는 걸 막아 주잖아요."

"제1차 인도차이나 전쟁 때 두 사람은 어디에서 무얼 하고 있었을까요."

"아마 춤추고 노래하고 있었겠지요. 뮤지컬 세계니까. 넌 어떻게 생각해, 아르준? 우린 20년 뒤에 뭐 하고 있었을까?"

"그 뒤에 전쟁이 있었어?"

이름과는 달리 에곤 실레 그림 모델처럼 큰 키에 창백하고 비쩍 마른, 유럽 남자 모습을 하고 있는 아르준 싱이 가느다란 소프라노로 말했다.

"베트남에서 프랑스 제국주의자들을 몰아내려는 긴 전쟁이 있었고 많이들 죽었어. 넌 도대체 뭘 아는 거니? 그리고 목소리!"

아르준의 소프라노는 곧 깊게 울리는 바리톤으로 바뀌었다.

"몇백 년 전 은하계 반대편에서 일어난 일들을 어떻게 다 기억해."

"여기서 일하려면 20세기 지구 역사는 기본 상식이지. 그리고 넌 저번에 제2차 세계 대전 영화에서 자유 프랑스군으로 나오지 않았나?"

"맞아. 거기서 나치랑 싸웠어. 레바논이라는 나라에서."

"넌 십중팔구 몇 년 뒤에 베트남에서 죽었을 거야. 너하고 싸우던 나치 놈 중 몇 명도 같은 부대에 있다가 네 옆에서 죽었겠지."

"그때는 우리가 나치랑 한 편이었어?"

"아니라고! 책 좀 읽어!"

"시간이 없어. 난 '남자 역'이니까. 영화가 두 편이나 밀렸다고."

"서부극 말고 또 하나 찍어? 그건 뭔데?"

"이탈리아 시인이 주인공이야. 폴라 러셀이 내 여자 친구로 나오는데……."

"페트라르카? 네가 페트라르카로 나온다고?"

"맞아."

"그건 내가 시작한 프로젝트였는데."

"그렇구나."

"내 행성에서 난 페트라르카를 수백 번은 연기했어! 상도 일곱 개나 받았다고! 그리고 그 각본 원작은 내가 썼어!"

"하지만 너는 백인 남자처럼 안 생겼잖아. 난 그렇게 생겼거든."

"그래, 잘났다. 누가 모른다니. 어서 가서 춤 연습이나 더 하고 와, 이 고릴라야. 여기 레슬리 카롱 님에게 방해가 되지는 말아야지."

아르준은 입술을 삐죽 내밀고 각본 책을 외투 안에 쑤셔 넣더니 긴 팔다리를 휘적거리며 카페 건물 세트로 걸어갔다. 문이 열리자 카페 내부 대신 사운드 스테이지 두 개를 연결하는 복도가 나왔다. 문 뒤에서 기다리고 있던 댄서 두 명이 아르준을 전쟁 포로처럼 끌고 갔다.

"정말 그 역이 저에게 오길 바랐던 건 아니에요."

핌이 말했다.

"여기가 어떤 곳인지 아니까. 여기서 제가 해야 할 일이 따로 있고요. 그래도 저 고릴라를 캐스팅하기 전에 이야기는 해줄 줄 알았지."

"왜 자꾸 아르준을 고릴라라고 부르세요?"

나나가 물었다.

"고릴라니까요. 모계로 쭉 거슬러 올라가면 포시 행성계 실버백 고릴라 가문에 닿아요. 하지만 은하계를 떠돌면서 계속해서 링커 바이러스의 간섭을 받다 보니 점점 후손들의 외모가 저렇게 히틀러 유겐트스러운 방향으로 수렴된 거죠. 다른 데에서 저 외모는 큰 의미가 없지만 여기는 다르니까. 백인 남자처럼 생긴 배우들이 많이 필요하잖아요. 아니, 그냥 남자처럼 생긴 배우들이 많이 필요하지. 잘 온 거예요. 여기서 보낸 3년이 아르준 인생 최고의 나날이었을 거예요. 따지고 보면 쟤는 나에게 감사해야 해요. 내가 쟤를 그 지옥 같은 곳에서 구해 주었어요. 이순신-5라는 곳 알아요? 당연히 이름은 알겠지요. 지구에서 비교적 가까운 곳이고 가장 처음 탐사된 행성이기도 하니까요. 하지만 요새는 일반교양이라는 걸 믿을 수가 없어서."

핌이 말했다.

"공룡들 사는 곳 아니에요?"

"맞아요. 그것도 진짜 지구 공룡들이 살죠. 칠천만 년 전인가에 어떤 지적 존재가 지구에 사는 공룡들을 가져가 풀어놓은 거예요. 그것들이 그 행성에서 따로 진화했고. 거긴 용 머리를 한 거대한 바다거북도 사는데, 거길 처음 방문한 한국인들이 그게 거북선이라는 옛날 배와 비슷하다고 생각했지요. 그래서 그 배의 발명가인 이순신의 이름을 그 행성에 붙인 거고. 사실 그 거북선은 거북이 아니라 거북처럼 수렴 진화한 공룡이긴 한데. 하여간 한국인들은 거길 아주 소중하게 여겼고 두 번 정도 식민화를 시도했어요. 잘 안 되었지요. 워낙 험악한 곳이었고, 기후도, 공기도 나빴고. 거긴 그냥 가끔 놀러 가는 자연 공원으로 남겨 두는 게 나았어요. 그러다 보니 온갖 끔찍한 부류들이 버려진 식민 도시 여기저기에 바글거렸지요. 그 중엔 평균 키가 2.5미터는 되는 회색 아마존 해적 무리가 있었는데 아르준은 그 해적들의 노예였어요. 그 밑에서 온갖 험한 일들을 겪었는데, 아마 거기가 개한테는 배우 학교였을 거예요. 살아남으려면 주인들을 만족시키고 속이기 위해 연기를 해야 했으니까요."

"거긴 왜 가셨는데요?"

"아자니의 변덕. 다른 이유가 있을 리가 없잖아요. 거기서 다른 아자니를 타고 다라완-1으로 갈 생각이었는데 일이 꼬여 1년 가까이 있었지요. 극단원 네 명이 그때 죽었어요. 운이 제법 좋았는데도 그랬어요. 우린 거기서도 연극을 했어요. 험악한 곳이지만 시간은 남았거든요. 가끔은 관객이 호기심 많은 공룡들밖에 없을 때도 있었지만 그래도 했어요. 그러다가 늘 자기 숙소에서 빠져나와 우리 연극을 훔쳐보는 아르준을 만났지요. 아마존들은 그 정도는 허용했어요. 거긴 섬이라 어차피 달아날 수도 없었으니까. 우린 종종 개에게 엑스트라 일을 시켰고 그러다 보니 점점 역할 비중이 늘어났어요."

"아마존들은 어쩌던가요?"

"싫어하는 사람들도 있었고, 좋아하는 사람들도 있었고. 다음 아자니가 왔을 때 개가 우리랑 탈출할 수 있었던 것도 개가 배우 일을 하는 걸 좋아하는 사람들 덕택이었어요. 지금도 전

거기에 아르준이 출연한 영화들을 담은 도서관 큐브들을 보내는데, 얼마나 도착했는지는 모르겠군요. 도착했더라도 다들 오래전에 떠났을지도 몰라요. 누가 이순신 같은 곳에서 평생 살고 싶어 하겠어요?"

4

「36번가의 연인들」의 감독이자 안무가인 아나스타샤 페스토바는 의인화한 천산갑처럼 생긴 사람이었다. 지금까지 카후엥가에서 열두 편의 뮤지컬을 성공시켰고 이번이 열세 번째 작품이었다.

몇 주 동안 함께 일하면서 나나는 진심으로 페스토바를 존경하게 되었다. 각본으로만 읽었을 때는 시시하기 짝이 없던 장면과 대사들이 현장에서는 전혀 달라 보였고 저녁마다 틀어 주는 작업용 필름 속에서는 더 근사해 보였다. 여전히 지나치게 아름답기만 한 1930년대 하노이의 모습이 신경 쓰였지만 카후엥가에서 역사적 정확성은 그렇게까지 중요하지 않았다. 하긴 그건 라바스쿠르에서도 마찬가지이긴 했다. 아름다운 음악과 재미있는 이야기를 엮어 뮤지컬로 만들 수 있다면 뭐든 가능했다. 라바스쿠르에서 영화를 만들지 않는 이유도 굳이 그런 식으로 시공간을 정확하게 모방할 필요가 없어서였다.

안무가로서 페스토바는 더더욱 놀라웠다. 이 사람의 작은 몸은 영화 속 댄서의 동작을 어느 것도 구현할 수 없었다. 안무가로서의 상상력은 철저하게 페스토바의 머릿속에서만 나온 것이었다. 그 때문에 결과물은 아름다웠지만 종종 당황스러울 정도로 추상적이었다. 댄서들은 관절을 부자연스럽게 뒤트는 동작에 항의하고 싶었지만 마지막엔 수긍하기 마련이었다. 현장에서 춤추었을 때는 어색하게 보였던 동작들도 70밀리 필름의 평면으로 옮겨지면 그냥 완벽해 보였다.

"아르준이 제법 잘하는데?"

모니카가 말했다. 스크린 위에서는 아르준이 핌과 나나 사이를 팽이처럼 오가며 춤추고 있었다.

"잘하는 것처럼 보이는 거예요."

핌이 한숨을 내쉬며 말했고 뒷좌석에서 팝콘 통을 끌어안고 있던 아르준 싱은 여자아이처럼 깔깔거렸다.

"잘하는 게 맞습니다. 프레임으로 잘리고 차원이 짓눌린 그림 안에서 보기 좋으면 성공한 거지. 세트에서 실제로 어떻게 춤추었는지가 그렇게 중요한가요."

페스토바가 말했다.

"프레드 애스테어나 진 켈리는 그렇게 생각하지 않았을 거예요."

핌이 맞섰다.

"우리가 그 사람들보다 더 경험이 많습니다."

뚱한 답변이 돌아왔다.

부인할 수가 없었다. 애스테어와 켈리는 오로지 지구라는 환경 속에서 인간 모양을 한 동물이 어떻게 움직일 수 있는지에 대해서만 알았다. 하지만 이제 온갖 종류의 몸을 가진 지구인의 후손이 온갖 종류의 환경 속에서 살고 있었다. 춤의 세계는 그 어느 때보다도 다채롭고 넓었다. 그건 페스토바의 레퍼토리도 마찬가지였다. 할리우드 춤은 이 안무가의 작품 세계에서 아주 작은 부분만을 차지했다.

"신기하지 않아요?"

상영관의 불이 켜지자 핌이 말했다.

"만약 20세기 지구에서 이 영화가 상영되었다면 아르준의 모든 동작들은 인류 절반에게 아주 섹시한 것으로 인식되어서 직접적인 영향을 끼쳤겠지요. 우리도 이 춤을 성적인 것이라 읽을 수 있지만 당시 지구인처럼 단순하게 받아들이지는 않지요."

"당시 지구인들도 그렇게 단순하지는 않았을걸. 이성애자 여자나 동성애자 남자도 다양한 취향이 있었겠지. 문화나 인종의 장벽도 있었을 거고. 무엇보다 20세기 후반까지 할리우드에서는 인종 간 연애를 허용하지 않았다는 걸 잊지 마."

모이라가 말했다.

"지금만큼 다양하지는 않았겠죠. 그리고 애슈턴 프로덕션 영화들의 목적은 '그 단순했던 시절'로 돌아가는 게 아닌가요?"

"그것보다는 복잡하지. 우리는 바흐를 연주하는 음악가들이 곡이 만들어졌던 당시의 해석을 따르는 것처럼 그 시대의 예술을 재현해. 하지만 아무리 20세기 할리우드 영화와 닮게 만들어도 그때와는 다른 의미가 있지. 그 시대로 그냥 돌아갈 수는 없어. 다른 모습과 정신을 가진 사람들이 다양한 시대를 추구하며 만드는 창작물 사이에 있기 때문에 더욱 그렇고."

"그래도 우린 돌아가고 있잖아요. 아, 맞아요. 1950년대 할리우드엔 베트남 여자가 주인공인 로맨틱 코미디 뮤지컬이 없었지요. 하지만 당시 사람들의 환상과 욕망은 여기 그대로 있잖아요. 마치 그게 '보편'인 것처럼. 그리고 그 환상을 만들기 위해 각본을 쓰고 연출을 하고 제작을 하는 사람들 중 대부분은 당시 지구인을 닮지 않았고 당시의 욕망을 갖고 있지도 않죠. 여러분 앞에서 연기하는 우리들은 그럭저럭 당시 사람들과 닮았지만…… 글쎄요."

"우린 보편을 주장하지 않아. 그냥 인간과 인류 문화의 뿌리가 여기에 있다고 말하는 것뿐이지. 점점 세상이 다양해지는 지금 우리의 작업은 더욱 중요하지 않을까? 심지어 인간도 아닌 내가 그렇게 생각해."

"왜 하필 여기, 카후엥가에서요? 지구로 가서 할 수도 있지 않을까요? 여긴 달이 두 개이고 항성 색도 달라요. 툭하면 비둘기만 한 토착 벌레들이 날아들고 핑크색 풀이 사방에서 자라죠. 늘 후반 작업으로 색을 바꾸어야 하고요."

"지구는 이럴 여유가 없을걸. 요새 거기가 어떤지는 잘 모
르겠는데……."

"제가 지구에 가 봤어요."

나나가 간신히 끼어들었다.

모든 사람들의 눈이 나나에게로 쏠렸다.

"언제요?"

핌이 물었다.

"반년 전에요."

"반년 만에 여기 오는 게 가능해요?"

"가능하더라고요. 유능한 길잡이 한 명과 아주 변덕스러운
아자니들을 연달아 만난다면요."

"거긴 지금 어때?"

모이라가 물었다.

"행성계 전체에 200억의 사람들이 살지요. 지구엔 궤도까지
포함해서 150억이 살고요. 전 은하계에서 온 수많은 사람들이
수많은 도시에 흩어져서 분주하게 일하고, 대부분 지구에 살
고 있는 걸 자랑스러워해요."

"링커 기계들은?"

"모든 대륙에 스무 개 정도 작은 도시를 두고 있고 올리비
에들이 모여 있는 가장 큰 도시는 남극점에 있어요. 당연하
지만."

"그리고?"

"그게 전부예요. 수많은 일들이 있겠지만 지구가 특별한 이유는 잘 모르겠어요. 일단 인구가 200억이 넘는 행성계가 거기뿐은 아니잖아요? 바로 이 근처에도 다라완이 있고 거긴 지구보다 더 북적거리죠. 골디락스 존에 지구형 행성이 셋이나 되니까요. 지금 지구에서 무슨 일이 일어나는지는 그렇게 중요하지 않지요. 맞아요, 우리에게 의미 있는 지구는 과거에 있어요. 여기서라도 그 과거를 더 풍요롭게 만드는 건 의미 있는 일인지도 모르죠."

"지구에서도 여기서 만든 영화를 보나?"

"모르겠어요. 그럴 수도 있겠죠? 하지만 그것까지 신경 쓰지는 못했어요. 20세기 영화를 필름으로 틀어 주는 구식 영화관에는 한 번 들어가 봤지만요. 「올리비아」라는 프랑스어 영화를 틀어주더군요. 여자 기숙학교가 배경인. 지구에서 프랑스어를 들은 게 그때가 처음이자 마지막이었어요. 관객들 중 옛 지구인을 닮은 사람은 저밖에 없었어요. 다들 저를 흘끔흘끔 훔쳐봤어요."

"거긴 왜 갔어요?"

펌이 물었다.

"이야기가 길어지는데요."

나나는 우물쭈물 말을 흐렸다.

"남는 게 시간이지. 안 그래?"

모이라가 말했다.

포기한 나나는 조그맣게 한숨을 내쉬었다.

"제가 몇 살이라고 생각하세요?"

모이라를 제외한 모든 사람들이 어리둥절한 표정을 지었다.

"나이가 두 개예요. 제 생물학적 나이는 17살이에요. 하지만 달력상 나이는 129살이지요. 준광속 우주선을 타고 여행을 하는 동안 시간 왜곡을 겪었어요. 한 세기 넘는 기간 동안 제가 탄 우주선은 링커 우주 바깥에 있는 행성계 열두 개를 탐사했고 우주선 안에서는 딱 2년의 시간이 흘렀지요. 그리고 전 링커 우주 끄트머리의 음완가자 행성계에 내렸어요. 그게 1년 전이었어요."

"그럼 14살에 링커 우주 바깥으로 가는 여행을 시작했단 말이네요? 너무 이르지 않아요?"

핌이 말했다.

"라바스쿠르에서는 아니에요. 우린 모두 기계가 낳은 고아들이니까요. 다들 자기 길을 일찍 찾게 돼요. 일단 우주여행을 떠난다고 막는 부모들도 없고. 바라타리아와 음완가자 사이에 있는 열두 개의 행성계는 '생명의 길 17'이라는 별명으로 불려요. 우린 모두 길게 이어진 열두 개의 행성계의 열일곱 개 행성에 생명체가 있다는 걸 천문학 관측으로 확인했어요. 그 중 여섯 개는 지구형 행성이었고요. 이런 '길'이 몇 개 있지요.

이순신 행성계가 첫 번째로 발견된 '생명의 길'에 속해 있어요. 하지만 링커 우주 바깥에서는 아직 세 개밖에 발견되지 않았어요. 그리고 라바스쿠르가 마침 그 근처에 있었지요. 바로 그 사실이 우리가 준광속 우주선을 개발하는 데에 압력으로 작용했던 것 같아요.

우리 우주선 아스테랄의 임무는 열일곱 개의 행성에 과학 위성과 탐사 로봇을 떨구는 것이었어요. 그리고 여섯 개의 행성엔 직접 착륙도 할 계획이었지요. 저는 우주선의 수많은 학생들 중 한 명이었어요. 이사보 드 몽페라 선장은 아스테랄이 우리에게 최고의 대학이 될 거라고 했지요. 저에게 그게 그렇게 큰 의미가 있었는지는 모르겠어요. 그냥 라바스쿠르를 떠나는 것이 중요했어요.

우리에게는 깊은 연구를 할 시간이 주어지지 않았어요. 그건 우리 뒤를 따를 우주선 에밀리 뒤 샤틀레의 몫이었지요. 그래도 우린 그 2년 동안 많은 걸 알아냈어요. 열일곱 개 행성에 있는 생명체들은 독자적으로 생명체가 진화한 세 개 이상의 세계에서 왔다는 것. 그중 하나는 라바스쿠르라는 것. 생명체를 이식하는 작업은 그 행성계들이 거의 일직선에 가까운 모양으로 배열되어 있던 4억 5천만 년 전에 있었다는 것. 그 어느 행성에서도 링커 문명의 흔적은 발견할 수 없었지만 그건 그렇게 큰 의미가 없었지요. 지금도 거기에 두고 온 로봇들은 꾸준히 정보를 보내오고 있을 거예요. 단지 광속 때문에 받으려면 시간이 걸리겠지요.

항성 간 우주여행이 가능한 고대 문명이 이 은하계에 몇이나 있을까요? 지구와 이순신을 잇는 생명의 길을 만든 문명과 라바스쿠르와 음완가자 사이에 있는 생명의 길을 만든 문명은 연결되어 있었을까요? 몇억 년의 시차가 있으니 아니었을 테지만 그 시간이 다른 문명에게도 우리와 같은 의미가 있는지는 모르는 것이 아니겠어요?

탐험이 이어지면서 우리는 조금씩 대범해졌어요. 그리고 그렇게 될 것을 알고 있었지요. 행성 착륙 계획이 뒤에 몰려 있던 것도 그 때문이었지요. 우린 태생적으로 연극하는 사람들이니까요. 언제나 스스로가 주인공인 연극의 각본을 짭니다. 그리고 여러분의 기준으로 보면 연극적인 어투로 이야기를 해요. 심지어 감정이 벅차오를 때는 노래도 부릅니다. 다른 세계 사람들은 우리가 만드는 몇몇 뮤지컬이 사실주의 연극이라는 걸 알아차리지 못할 거예요.

행성 착륙은 조심스러울 수밖에 없는 작업이었어요. 다들 고립된 다원 생태계일 테니 단 하나의 링커 바이러스도 허용할 수 없었어요. 링커 우주의 시스템은 링커 기계들 없이는 유지될 수 없다고 하지만 그래도 조심해야죠.

제가 내린 곳은 열일곱 번째 행성 플뢰랄리스-2였어요. 뱀처럼 길쭉한 대륙 하나가 북극과 남극을 잇는 곳이었어요. 그 때문에 해류가 막혀서 행성 전체의 기후에 영향을 끼쳤어요.

이사보 드 몽페라 선장을 포함해 스물네 명이 내렸어요. 그때까지 내렸던 탐사대 중 가장 머릿수가 많았죠. 아무래도 마지막 행성이었고 그때까지 탐사대에 들어가지 못한 나머지 사람들을 챙겨야 했으니까요. 우리가 입은 우주복은 모두 유치할 정도로 노골적인 원색이었는데, 그렇게 입으면 위기 상황에서 잘 보일 거라 여겼기 때문이죠.

　북극 근처 바다에 착륙한 뒤 셔틀선을 해상용 배로 전환시키고 뱀 대륙을 따라 흐르는 해류를 통해 천천히 남극 쪽으로 내려갔어요. 표준력으로 40일, 그곳 달력으로 52일에 걸친 항해가 시작되었어요. 그러는 동안 열 번 이상 상륙했던 거 같아요. 정확한 숫자는 기억나지 않아요.

　플뢰랄리스-2의 가장 큰 특징은 색이었어요. 아마 그곳은 은하계에서 가장 다채로운 곳일 거예요. 온갖 종류의 환상적인 색깔로 물든 동식물들이 행성의 바다와 육지를 덮고 있었어요. 심지어 그 다채로운 색은 우주에서 봐도 보였어요. 우린 라바스쿠르를 떠나기 전에도 알록달록한 무언가가 이 행성을 덮고 있다는 사실을 알았어요. 그것들은 꽃처럼 보였지만 대부분 아니었어요. 장미나 백합 같아서 가까이 가 보면 날카로운 이와 발톱을 드러내는 경우가 대부분이었지요.

　아름답지만 무서운 곳이었어요. 모두가 서로를 뜯어 먹고 색깔을 빼앗는 곳이었지요. 심지어 식물들도 가만히 있지 않았어요. 아니, 그 세계는 식물과 동물의 경계선도 분명하지 않앗지요. 태어날 때는 식물이었다가 동물이 되는 종도 있었고, 그 반대도 있었어요. 너무 이상해서 지금까지 방문했던 행성에서 본 것과 달리 독자적으로 진화한 생태계가 아닌가 생각도 해 보았어요. 하지만 아니었어요. 이곳은 제2 기원 행성에서 온 생명체들이 지배하는 곳이었어요. 몇억의 시간이 흐르는 동안 살아남은 아주 소수의 생명체들이 이런 식으로 진화해 행성 전체에 퍼진 거예요.

이 세계가 우리에게 진짜로 무서웠던 이유는…… 공포가 존재하지 않았어요. 아마 고통도 없었을 거예요. 우리가 생존을 위해 당연하다고 여기는 것들이 거긴 없었어요. 우린 그 세계에서 두려움을 느낄 수 있는 유일한 존재였어요. 그리고 그 두려움은 우리가 전에 겪었던 것과 달랐어요. 대부분의 세계에서 무서운 존재와 무서움을 느끼는 존재 사이에는 일종의 합이 있어요. 하지만 이 세계에는 후자가 없었어요. 상황을 어떻게 받아들여야 하는지, 끝없이 몰려드는 공포의 신호를 어떻게 해석해야 할지 알 수 없었어요.

이 행성의 다음 특징은 궤도에 도착한 뒤에야 알 수 있었는데 이곳의 생태계보다 더 이상했어요.

그곳은 행성 전체가 거대한 도시였어요. 대륙 전체가 마천루, 탑, 다리, 광장, 극장과 같은 것들로 덮여 있었고 심지어 바다 밑도 마찬가지였어요.

우린 생명의 길 17을 탐사하면서 과연 우리가 몇억 년 전에 사라진 문명의 흔적을 찾을 수 있을지에 대해 토론했어요. 대다수는 그게 불가능하다고 여겼지요. 찾을 수 있다고 해도 실제 유적 같은 걸 발견할 수는 없다고 봤지요.

플뢰랄리스-2는 살아 있는 유적이었어요. 몇억 년 전에 있었던 문명은 사라지고 없었지요. 하지만 그 문명의 기억은 당시 건축을 담당하던 몇몇 생명체들의 유전자 속 기억에 남아 있었어요. 그리고 그들은 몇억 년의 세월이 흐르는 동안 끝없이 새 건축물을 지었어요. 도시의 땅을 파면 유적이 수 킬로미터 밑까지 이어졌어요. 단지 건축가들은 자기가 짓고 있는 게 무엇인지 전혀 모르는 듯했어요. 상당수는 몇억의 세월이 흐르는 동안 정보가 오염되었고요. 절대로 온전히 설 수 없는 아치를 짓는 건축가들을 이틀 동안 관찰한 적 있어요. 아치는 끊임없이 무너졌지만 그것들은 망가진 설계를 고집하며 계속 같은 아치를 지었어요.

그리고 그 모든 것들은 플뢰랄리스-2 특유의 화려한 색깔로 덮여 있었지요. 끊임없이 먹고 먹히면서 뒤섞이는 색.

열넷이 떠나고 저와 선장을 포함한 열 명만 남았어요. 사실 저도 떠났어야 한다고 생각해요. 북극에서 적도까지 항해하면서 이미 얻을 수 있는 정보는 다 얻었으니까요. 남극까지 가는 건 그리 큰 의미가 없었어요. 저 같은 학생에게는 더욱더. 하지만 그래도 계획된 항해를 마치고 싶었어요. 어차피 여기서 제가 특별히 한 일도 없었으니까요.

어리석기 짝이 없는 생각이었어요.

우리가 적도를 가로지른 뒤부터 상황은 이상하게 돌아갔어요. 그때까지 그곳 생명체들은 우리 배를 떠다니는 돌덩어리 취급을 했던 것 같아요. 하지만 적도를 넘어서기 시작하면서 우리에게 관심을 보였어요. 화려한 색깔의 파도가 배를 후려쳤고 선체를 갉아 댔어요. 우린 비행기로 전환해 바다에서 탈출하려 했지만 이미 셔틀은 몇 시간의 공격으로 망가진 상태였어요. 어디라도 상륙해서 최대한 오래 살아남으며 구조대를 기다리는 수밖에 없었지요.

상륙하는 동안 우린 두 명을 잃었어요. 해변에서 기다리고 있던 보라색 무리에게 또 둘을 잃었고요. 우린 동쪽으로 달아났어요. 위성 지도에 따르면 해변에서 조금 떨어진 곳에 하얀 언덕 같은 게 있었어요. 색깔이 없다니 그건 좋은 징조였어요.

그곳에 도착했을 때 네 명만 남아 있었어요. 모두 학생들이었지요. 마지막으로 죽은 어른은 드 몽페라 선장이었어요. 다른 어른들처럼 수천 겹의 색깔 속에 묻힌 채 언덕 아래로 휩쓸려 갔지요.

우린 간신히 그 하얀 지대에 도착했어요. 석회암 지대였는데 이상하게도 그 주변엔 건축물처럼 보이는 것이 없었어요. 그냥 자연 상태의 언덕이었어요. 이 행성에서 그건 정말로 비정상적이고 이상해 보였어요.

살아남은 우리는 언덕 꼭대기에 통신기를 설치하고 아스테랄에 연락을 취했어요. 한 시간 반이면 도착할 거라더군요. 우리는 셔틀에서 가져온 무기들을 끌어안고 하얀 언덕 주변에 색깔의 꿈틀거림이 느껴지면 무작정 쏘아 댔어요.

십오 분쯤 지났을까. 제 충격총이 고장 났어요. 다른 무기를 꺼내러 자리에서 일어나서 막 새 충격총을 집어 드는데, 무언가 저의 발목을 잡고 언덕 아래로 끌어당겼어요. 무지갯빛으로 반짝이는 가늘고 끈적거리는 덩쿨 하나였어요. 저는 미끄러지면서 새 충격총으로 덩쿨을 쏘아 댔어요. 덩쿨은 잘려 나갔고 제 발목을 잡고 있던 부분은 순식간에 색과 강도를 잃고 흐릿한 종잇조각처럼 변하더군요.

다시 올라가던 저는 그만 밑에 난 구멍으로 떨어져 버렸어요. 하얀 동굴이었는데, 사방 벽에 투명한 결정들이 박혀 있었어요. 바닷물의 조성을 고려해 보면 염화 칼슘 동굴이었던 것 같아요. 다른 무엇이었을 수도 있겠지만.

도저히 혼자 올라갈 수 없을 것 같았죠. 그리고 색깔 없는 동굴 벽을 보니 안심이 됐어요. 이대로 밑에 머물면서 구조대를 기다리기로 했어요. 셀을 켜고 친구들에게 그대로 있으라고 말하고 주저앉았어요.

그때였어요. 제 얼굴에 차가운 바람이 느껴진 건.

처음엔 우주복 헬멧이 오작동 한 것이라고 생각했어요. 하지만 느낌이 달랐어요. 제가 느끼는 바람은 진짜 바람일 수가 없었어요. 무언가가 머릿속으로 들어와 제 감각을 건드리고 있었어요.

저는 바람이 부는 방향으로 걸어갔어요. 걸어가는 동안 바람은 점점 호흡처럼 변해 갔어요. 들이마시고, 내쉬고. 그리고 그 호흡에는 쿵쿵거리는 심장 박동 소리 같은 게 섞여 있었어요.

안으로 걸어 들어가는 동안 전 흥미로운 사실을 알아냈어요. 처음에는 그냥 자연스럽게 형성된 염화 칼슘 동굴이라고 생각했어요. 하지만 자세히 보니 아니었어요. 동굴 벽은 다양한 종류의 바위들을 잘라서 쌓은 것이었어요. 그것들의 공통점은 단 하나, 하얗거나 투명하다는 것이었어요. 색깔이 전혀 없었어요. 모든 게 하양에 가까운 회색이었어요. 누군가가 의도적으로 동굴 안의 모든 색을 지웠고 또 계속 지워 왔던 거예요.

두 번째 모퉁이에 접어들었을 때 저는 무언가와 마주쳤어요. 끈적거리고 길쭉한 회색의 피부가 반짝이는, 사람 같기도 하고 거미 같기도 한 무언가였어요. 그리고 그것은 정말로 큰 네 개의 하얀 눈을 갖고 있었어요. 저에게 시선이 닿자, 그 네 개의 눈은 풍선처럼 부풀어 올랐어요. 그리고 제 귀엔 절대로 잘못 알아들을 수 없는 프랑스어의 외침이 들렸어요. 'Moi…… les couleurs…… les couleurs…… j'ai peur.', '색깔이, 색깔이 무서워.'.

그것의 외침이 갑작스럽게 스러진 뒤에야 나는 내가 입고 있던 우주복이 빨간색이라는 걸 알아차렸어요."

나나는 이야기를 멈추고 물병을 열어 입을 적셨다.

"그래서요?"

핌이 재촉했다.

"그게 이야기의 끝이에요. 구조대가 왔고 우린 아스테랄로 돌아갔어요. 전 동굴을 떠나기 전에 그 회색 생명체의 시체에서 조직을 조금 잘라 냈고 나중에 연구실에 넘겼어요. 전 음완가자에서 내렸기 때문에 그 뒤에 어떤 결과가 나왔는지 잘 몰라요."

"그래도 짐작은 하고 있겠지요?"

나나는 고개를 끄덕였다.

"전 그 행성의 건축가들처럼 그 회색 존재도 몇억 년 전에 있었던 옛 문명의 흔적이라고 생각해요. 그리고 제가 그 동굴을 방문했을 때 색에 대한 공포에 시달리던 마지막 존재가 죽었을 거라고, 플뢰랄리스-2엔 더 이상 두려움이 존재하지 않는다고 생각해요."

"그 존재는 어떻게 프랑스어를 할 수 있었을까요?"

"모르겠어요. 정신 감응이라고 생각하면 모든 게 쉽겠죠? 실제로 그와 비슷한 현상에 대한 보고가 있기도 하고. 전 초자연현상 없이도 그럴싸한 설명이 가능할 거라고 생각해요. 하지만 그 존재가 무엇인지 모르니, 제 의견은 아무 의미가 없지요."

"아, 그거군요."

갑자기 페스토바가 무릎을 치며 외쳤다.

"그거예요.「색깔이 무서워서」. 모이라가 판권을 샀다며 읽어 보라고 저에게 준 단편소설 내용이 바로 저거였는데."

"맞아요. 제가 썼어요."

"하지만 작가 이름이 달랐는데."

셀을 꺼낸 페스토바는 화면 위에 뜬 이름을 천천히 읽었다.

"이사보 드 몽페라."

"선장님 이름을 빌렸어요. 그런 식으로라도 그분을 애도하고 싶었달까요."

"그렇다면 그 단편은 논픽션인가요?"

페스토바가 캐묻자 나나는 웅얼거리며 대답했다.

"소설이지요. 단지 전 그게 그때 일어난 일에 도달하는 가장 효과적 방법이라고 생각했어요. 그리고 그 이야기를 공식 보고문과 별도로 따로 쓰고 싶었어요."

다시 침묵이 흘렀다. 나나는 물병 속 물을 마저 마셨고 아르준은 「36번가의 연인들」 마지막에 나오는 '끝이 좋으니 모두 좋아'의 후렴구를 흥얼거렸다.

3분 정도 이어진 침묵을 깬 건 핌이었다.

"하지만 그 이야기가 지구나 여기랑 무슨 상관이지요?"

「36번가의 연인들」의 시사회가 열린 건 92일 뒤였다. 저녁 7시, 마제스틱 극장 앞은 연미복과 드레스를 입은 스타들, 그들을 보러 온 구경꾼들로 가득 차 있었다. 은빛으로 찰랑거리는 드레스를 입은 나나는 민망함을 무릅쓰고 주변 사람들의 연예인스러운 표정을 흉내 냈다. 이 모든 것이 연극의 일부라고 생각하니 그나마 견딜 만했지만 동물원의 구경거리가 된 느낌은 사라지지 않았다. 단지 여기서 구경거리는 인간인 거지. 저 낯선 얼굴과 몸을 가진 존재들은 어설프게 인간 모습을 한 우리를 구경하러 온 것이고.

양귀비꽃을 배경으로 한 모이라 애슈턴 프로덕션 로고에 모두가 박수를 쳤고 페스토바의 이름이 팡파레와 함께 올라오자 관객들의 한숨 소리가 들렸다. 그리고 70밀리미터 필름을 통과한 영사기의 껌뻑이는 빛은 관객들을 순식간에 오만 광년 저편 행성의 먼 과거로 인도했다.

영화는 당황스러울 정도로 좋았다. 러시 필름으로 볼 때 상상했던 것보다 더 좋았다. 이건 아무리 봐도 걸작 같았다. 어떻게 그런 거지 같은 각본에서 이런 게 나오지? 더 어이가 없는 것은 스크린 위의 나나가 이상할 정도로 아름다워 보인다는 것이었다. 말도 안 돼, 내가 저런 존재일 리가 없잖아. 내가 엘로디 드 퐁텐이 되다니.

『시티라이트』의 영화 평론가 쉴라 반스가 '1시간 56분의 천국'이라고 쓴 시간이 흐르는 동안 나나는 스크린에 시선이 고정된 관객들의 얼굴을 훔쳐보았다. 다들 영화 속 모든 것들을 사랑하는 표정이었다. 당연한 일이지. 이 행성 주민들을 묶어 놓는 건 유전적 단일성이 아니라 동일한 미의식과 취향이다. 아무리 다양하게 생긴 존재들이라도 이들은 모두 구식 영화광의 영혼을 품고 있다. 그들을 대표하는 모이라 애슈턴이 인간 모습을 한 배우들만큼이나 사랑받는 것도 그 때문이다. 그리고 카후엥가-5 바깥에는 이런 영화들이 설득할 수 없는 다른 세상들이 있다. 나나는 이미 그런 곳에 가 보았다.

무대 인사와 인터뷰가 다 끝나자 벌써 자정이었다. 다들 자기 집과 극장 옆 마제스틱 호텔로 떠났고 모이라와 나나만이 지하 주차장에 남았다.

"앞으로 스케줄이 얼마나 남았나요?"

나나가 물었다.

"앞으로 한 달 동안은 다들 바쁠 거야. 자기도 마찬가지지. 춤 두 번만으로 사람들이 얼마나 자기를 사랑하게 되었는지 알아?"

모이라가 말했다.

"제가 무의식적으로 엘로디 드 퐁텐을 흉내 내고 있었다는 거 아세요?"

"가장 사랑하는 것을 흉내 내는 것은 당연한 일이 아닌가?

하여간 내가 일정을 정리했어. 지금부터 이틀 동안 자긴 자유야. 슬슬 출발할까, 달링?"

모이라가 부리를 두 번 딱딱 치자, 차는 주차장에서 빠져나왔다. 30분 정도 달리니 공항이었고 길쭉한 비행선 한 대가 기다리고 있었다. 모이라와 나나가 올라타자, 비행선은 느긋하게 날아올랐다. 나나는 바닥 창문을 통해 점점 작아져 가는 기다란 도시를 내려다보았다. 비행선이 구름 위로 올라가자 나나는 모이라가 가리킨 침실로 들어갔다.

다음 날 눈을 뜨니 비행선은 이미 남극에 와 있었다. 침실밖에서 기다리고 있던 모이라는 열선이 든 방열복을 나나에게 건네주었다. 비행선은 야트막한 바위산으로 둘러싸인 작은 분지에서 착륙을 준비 중이었다.

"쉴라 반스가 자기를 좋아해."

모이라가 막 나온 『시티라이트』의 비평을 읽으며 말했다.

"자네가 레슬리 카롱에 빙의한 것 같대. 그리고 영화 전체를 「사랑을 비는 타고」에 비유했어. 「사랑을 비는 타고」 때와는 달리 지금의 비평가들은 이 영화를 실시간으로 존중할 기회를 얻었다나……. 뭔 말인지는 알겠는데, 무슨 말을 이렇게 하지. 반스는 자네가 「색깔이 무서워서」의 작가인 것도 알고 있어. 우리가 보도 자료를 보냈지. 자네가 훌륭한 발레리나일 뿐만 아니라 장래가 기대되는 작가이자 모험가이기도 하다고."

"제가 글 쓰는 발레리나인 게 그렇게 대단한가요?"

"자기 행성에서는 그게 대단하지 않을지 몰라도 우린 그렇게 생각해. 좀 맞춰 주면 안 되나? 아, 그리고 페트로바가 「색깔이 무서워서」 각색에 관심을 보이고 있어."

"그분은 뮤지컬 전문이잖아요."

"호러도 하고 싶대. 그리고 자네 이야기는 뮤지컬 세계의 이야기잖아. 괴물들이 쫓아와도 노래부터 부르는 사람들이 나오는. 「색깔이 무서워서」에도 노래가 네 개나 있지 않나? 페트로바만 한 적임자는 없지. 자. 여기야, 나는 여기서 기다리지."

비행선 문이 열리자, 밀가루처럼 건조한 눈이 안으로 쏟아져 들어왔다. 나나는 방풍 안경을 쓰고 밖으로 나갔다. 아침이지만 겨울의 남극은 여전히 어둡기 짝이 없었다. 하얗게 반짝이는 지시등을 따라 눈보라 속을 5분 정도 걷자, 목표물이 나왔다. 지름 10미터, 높이 5미터의 유리 반구였다. 눈가루가 부딪치며 차르륵 소리를 내는 유리벽 안에 찌그러진 양철 원통 같은 게 기우뚱하게 서 있었다.

"안녕하세요. 저는 라바스쿠르에서 온 나나예요."

나나가 말했다.

처음엔 아무 반응도 없는 것 같았다. 하지만 조금 기다리자 갑자기 원통 모서리에 박힌 작은 점들이 초록색으로 반짝였고 뚜껑이 덜컹거리며 반 바퀴 돌았다.

"저에 대해서는 이미 알고 계시겠지요. 이 행성에서 일어나는 모든 일들에 대해 알고 계실 거라고 모이라가 알려 줬어요. 그것뿐이 아니라죠. 실제로 카후엥가 행성을 관리하시는 분이라고요. 그리고 그건 오직 이 행성의 소수만 알고 있지요. 모이라 애슈턴도 그중 한 명이고요."

기계의 뚜껑이 대답이라도 하듯 다시 반 바퀴 돌았다.

나나는 방열복 주머니에서 「36번가의 연인들」의 종이책 각본을 꺼내 내밀었다.

"이 각본의 저자이기도 하시죠. 모이라로부터 그 이야기를 듣고 여기까지 오는 동안 다시 한번 읽어 봤어요. 처음에는 정말 별로라고 생각했어요. 하지만 완성된 영화를 보고 다시 읽어 보니 아니더군요. 이 형편없는 이야기는 완벽한 영화가 되기 위해 치밀하게 조율되어 있었어요. 그리고 이 영화를 찍게 될 스태프와 배우들도 그 정교한 계산에 들어가 있었어요. 저도 예외일 수는 없지요. 린은 저를 위해 만든 캐릭터예요. 린이 안에 대해 품고 있는 선망은 저의 것이에요. 제가 뮤지컬 팬으로 엘로디 드 퐁텐에게 품고 있는……. 그걸 어떻게 알았는지는 묻지 않을 거예요. 올리비에가 뭔가 이상한 걸 알고 있다는 것 자체는 이상하지 않으니까.

카후엥가라는 행성에서 수상쩍을 정도로 근사한 할리우드 영화 모방작들을 만들고 있다는 이야기를 지구의 영화광들에게서 들었을 때부터, 전 여기에 와서 당신을 만나야 했어요.

그건 제가 플뢰랄리스-2에서 탈출할 때부터 품었던 질문에 대한 해답과 같은 것이었어요. 플뢰랄리스와 카후엥가가 연결되어 있다는 말은 아니에요. 플뢰랄리스는 아마도 지금의 링커 기계들과 아무 상관이 없겠죠. 하지만 둘은 같은 목표가 있었어요. 하나의 문명을 순수한 형태로 보존하는 것. 박물관보다는 동물원에 가까워요. 그 문명을 어떻게든 살아 있는 형태로 유지하는 거죠. 아마 그래서 당신들 링커 기계는 플뢰랄리스-2를 건드리고 싶지 않았던 것이 아닐까요. 당신들은 파괴된 채 몇억 년 동안 더듬더듬 이어지고 있는 프로젝트의 끝을 보고 싶을 거예요.

이 모든 것에 무슨 의미가 있을까요. 전 잘 모르겠어요. 모든 건 변하고 잊혀요. 우리가 불변의 가치가 있다고 생각하는 것은 모두 세웠다가 넘어지는 연필처럼 불안한 무언가예요. 단지 우린 아주 짧은 시간 동안만을 살기 때문에 연필이 넘어지는 것을 보지 못할 뿐이죠. 우리가 지구를 벗어나 쌓아 온 몇백 년의 역사도 찰나에 불과하겠죠. 우리는 그 짧은 시간 동안에도 링커 바이러스의 영향을 받아 엄청나게 변화했어요. 그리고 그 변화는 무한의 가능성 안에서 더 빨라지겠지요.

아마 그 때문에 당신들이 카후엥가를 새로운 할리우드로 세웠는지도 몰라요. 그리고 시곗바늘처럼 과거 속에서 돌고 있는 이 행성을 기준점으로 무언가를 하고 있겠지요. 그게 뭔지는 모르겠어요. 당신이 알려 줄 거라고 생각하지도 않아요.

하지만 전 이미 이곳의 미래를 플뢰랄리스에서 보았어요. 다른 미래가 과연 가능할까요? 우리가 필연적인 붕괴로 갈 뿐이라면 이 모든 게 무슨 소용이 있지요? 그리고 도대체 저는 지금 여기에서 뭘 하고 있는 걸까요. 대답 따위는 해 주지 않을 게 뻔한 양철 깡통 앞에서?"

양철 깡통은 꿈틀했다. 그리고 바닥이 흔들리더니 길쭉한 종이 한 장을 느릿느릿 토해 냈다. 종이는 반구 밑에서 기어 나왔고 종이가 다 빠져나오자 양철 깡통의 불은 다시 꺼졌다. 나나는 종이를 둘둘 말고 잠시 불 꺼진 반구를 응시하다 뒤돌아 걸었다.

"새 각본이야?"

비행선 안에서 서류를 검토 중이던 모이라가 안으로 들어온 나나에게 건성으로 물었다.

"네, 제목이 「외로운 비둘기」예요. 돌아오는 길에 슬쩍 보았는데, 1930년대 만주가 배경이에요."

"괜찮은 거 같아?"

"아뇨. 하지만 「36번가의 연인들」도 각본이 끔찍해 보였잖아요. 이것도 그럴 수 있어요."

"제대로 읽어 봐. 몇십 년 동안 이곳에서 일해 오면서 나는 올리비에의 각본 안에 숨어 있을 수도 있는 메시지를 해독하려고 노력했어. 지금까지는 별 성과가 없었지만, 누가 알아? 자기가 그 문을 여는 열쇠일지?"

모이라는 다시 서류 작업으로 돌아갔고, 나나는 옆에 놓인 긴 의자에 누워 원고를 읽기 시작했다. 한 무리의 여자들이 만주 평원에 있는 낡은 여관을 마적 떼와 일본군으로부터 지킨다는 내용이었다. 입이 험한 여관 주인은 척 봐도 핌을 위한 역이었다. 초반에 마차를 타고 등장하는 상하이 출신 댄서는 혹시 나를 위한 걸까? 그렇다면 이 캐릭터의 대사 안에 오로지 나만이 읽을 수 있는 암호가 숨겨져 있을 수도 있을까?

나나는 올리비에가 그럴싸하게 사람을 흉내 내어 쓴 이야기 속으로 천천히 빠져들어 갔다.

아임

옛날 옛적, 어느 머나먼 행성에 아임이라는 아이가 살았어. 이 아이의 이름에 대해서는 나중에 이야기할게.

아임은 공주였어. 왕족의 피를 물려받았다는 뜻은 아니야. 이 은하계의 많은 행성이 그렇듯, 이곳도 링커 바이러스가 생명체의 유전 정보를 뒤섞고 있었어. 온전한 모습의 인간들은 드물었고 그런 모습을 한 사람들은 무조건 왕족으로 여겨졌어. 왕족을 배출한 가문에겐 엄청난 혜택이 주어졌어.

그게 왜 그렇게까지 중요했을까? 아무도 몰랐을 거야. 그냥 몇백 년 동안 그렇게 살아왔으니 당연하다고 생각했겠지. 수많은 전통과 종교가 그렇게 유지돼. 처음엔 그럴싸한 이유가 있던 것들도 나중엔 그냥 습관이 되지.

아임은 다른 공주 열여섯 명과 함께 수도에서 멀리 떨어진 성에 살았어. 왕자는 없었어. 이 시기의 은하계 상당수 행성이 그렇듯 여기에도 남자들은 없었어. 링커 바이러스의 영향으로 유전 정보들이 흔들리자 많은 생명체가 양성 생식을 버리고 단성 생식으로 옮겨 갔으니까. 내가 이 행성의 모습을 보여준다면 당신들은 내 말을 안 믿을지 몰라. 많은 사람이 우리가 생각하는 '여성적인' 모습을 하고 있지 않거든. 하지만 더 이상 여자와 남자로 갈라져 있지 않은 세계에서 모든 사람이 우리에게 익숙한 여성성을 받아들일 이유가 있을까? 무엇보다 이렇게 다양한 모습의 사람들이 있는데 그런 구분을 아쉬워할 필요가 있을까?

공주들의 일상은 우리가 생각하는 것과 많이 달랐어. 어른이 될 때까지 불순한 피를 가진 사람들과 접촉해서는 안 되었기 때문에 그들은 요리에서부터 빨래에 이르기까지 모든 일을 직접 해야 했어. 일이 끝나면 왕족인 교수들 앞에서 특수 교육을 받았어. 그런 거 있잖아, 공주가 알아야 할 온갖 것들. 더럽혀진 피를 가진 다른 사람들에게 아름답고 우아하고 품위 있게 보이기.

아임은 늘 따돌림을 당했어. 일단 나이가 가장 어렸어. 그리고 출신 성분이 나빴어. 단 한 번도 왕족이 나온 적 없는 서쪽 내륙 집안 출신이었어. 온전한 인간의 모습을 하고 있다지만 그중에서도 조금 차별받는 사람들의 외모를 하고 있었어. 다른 공주들은 아임의 소소하고 무의미한 말투와 몸짓을 비웃었어. 아임은 고치려 했지만, 공주들은 그 바뀐 말투와 몸짓도 비웃었어. 대놓고 그랬다는 건 아니야. 하지만 차라리 대놓고 그랬다면 더 나았을지도 몰라. 그랬다면 맞설 수라도 있었을 테니까.

공주들이 특별한 이유가 있어서 아임을 싫어했던 건 아니야. 바로 그렇기 때문에 그 애를 싫어하는 이유는 점점 늘어만 갔지. 그런 거야. 이유는 그냥 멋대로 만들어 내기만 하면 되니까. 일단 만들면 근거 같은 건 저절로 생겨 나거든.

그리고 어느 날, 아임을 싫어할 만한 진짜 이유가 생겨났어. 아임의 머리카락 속에서 한 가닥의 무지갯빛 깃털이 자라나고 있었던 거야. 그건 아임의 피가 더럽혀져 있다는 증거였어. 처음부터 더럽혀져 있었는지, 다른 공주한테서 감염되었는지는 모르겠어. 아임이 그렇게 되었다면 피가 더럽혀진 다른 공주에게서 옮았을 수도 있잖아.

아임은 깃털을 뽑았어. 하지만 머리 곳곳에서 새 깃털들이 자라나기 시작했어. 성은 사생활이 거의 없는 곳이어서, 언제까지 숨길 수 있을지 알 수 없었어. 차라리 진실을 고백하고 성을 떠나고 싶었지만, 자기에게 의지하고 있는 가족들이 생각나 그럴 수도 없었어. 아임은 공포로 점점 말라 가기 시작했어.

공주들은 결국 아임의 깃털을 찾아내고 말았어. 그들은 아임에게 물과 기름을 끼얹고 다락방에 가두었어. 마스크를 쓴 왕족 의사가 성으로 달려와 아임을 진찰했어. 그리고 선언했어. 이 아이는 더 이상 공주가 아니다. 당장 성을 떠나야 한다. 나는 공주들 중 더럽혀진 피를 가진 아이가 한 명 있었고, 그 아이가 아임의 피를 더럽혔고, 들통나지 않기 위해 아임을 이용했다고 생각해. 그 아이도 아마 자신만의 사정이 있겠지. 하지만 지금 여기서 그 이야기를 하고 싶지는 않아.

아임은 기름이 덕지덕지 묻은 몸에 겉옷을 걸치고 성을 떠났어. 중간에 마주친 개울에서 몸을 씻고 엉킨 머리칼을 짧게 잘랐어. 밑에서 자라나고 있던 무지개색 깃털들이 이제 더 선명하게 보였어. 아임은 성에서 나올 때까지 쓰고 있던 두건을 다시 쓰지 않고 가방 안에 쑤셔 넣었어. 이제 깃털을 감출 이유가 없었어.

이틀을 걷자, 수도가 나왔어. 아임은 정부가 가족에게 마련해 준 저택으로 갔어. 그곳은 이미 텅 비어 있었어. 사기꾼으로 몰린 가족은 모두 쫓겨났는데 어디로 갔는지는 알 수 없다고, 빨간 문신 같은 무늬로 머리를 덮고 있는 문지기가 아임에게 말했어.

아임은 수도를 떠나 다시 걸었어. 가족들은 서쪽 내륙에 있는 옛집으로 갔을 거야. 집을 떠난 지 워낙 오래되어서 길을 찾을 수 있을지 알 수 없었지만 수도를 가로질러 무조건 해가 지는 쪽으로 걸었어. 구름 사이로 엄마 달과 그 달의 주변을 도는 아기 달이 지평선에서 떠올랐어. 3년 만에 처음 보는 달이었어. 모든 창문이 탁한 스테인드글라스였던 성에서는 오로지 색유리를 통해 흩어진 달무리만을 볼 수 있을 뿐이었어.

아임은 길옆 커다란 나무 밑으로 들어가 주변의 낙엽과 나뭇가지를 모아 만든 둥지 안에서 망토로 몸을 덮었어. 말린 뿌리 과자 하나를 먹고 잠을 청하려는데 주변에 커다란 검은 새들이 날아들었어. 링커 바이러스로 유전자가 섞여 인간의 말을 하게 된 짐승들이었어.

"어디로 가니, 사람의 아이야. 이곳에는 원한을 품은 짐승들이 살고 있단다. 어린 인간 혼자 다니기엔 너무 위험해."

새들이 합창했어.

"서쪽으로 간 가족을 찾으러 가는 중이야."

아임이 말했어.

"이틀 전 한 무리의 사람들이 이 길을 지나 서쪽 평원으로 갔단다. 그리고 원한을 품은 지옥견들이 그 뒤를 쫓고 있었어."

"지옥견들은 우리를 왜 그렇게 싫어해?"

"너희가 그 짐승들에게 언어를 주었으니까. 말의 피가 전해졌으니까. 어떤 짐승들은 말을 통해 굳이 갖지 않아도 되는 증오를 배우게 된단다."

"너희는?"

"날지도 못하는 무거운 짐승을 굳이 미워해서 뭐 하겠니."

까마귀들은 날개를 펴고 잠든 아임의 몸을 덮어 주었어.

이틀을 더 걸은 아임은 작은 마을에 도착했어. 길가에는 축

축한 해골들이 버려져 있었고 육지 해파리 서너 마리가 아직 살점이 붙은 시체들을 빨아먹고 있었어. 살아 있는 사람들은 보이지 않았어. 아임은 그곳에서 가족의 문장이 새겨진 장신구와 옷가지를 발견했어. 아임의 가족과 마을 사람들은 이곳에서 지옥견의 습격을 받아 죽었던 거야.

마지막 육지 해파리가 떠나자 아임은 뼈들을 마을 한가운데에 모아 불을 지르고 기도를 올렸어.

죽은 이들이 억겁의 순환을 견뎌 내게 도우소서.
그리고 그 순환도 끝이 있음에 안도하게 하소서.

아임은 이제 무엇을 해야 할지 알 수 없었어. 돌아갈 가족도, 탓할 사람도 없었어. 어딘가에 있는 빈집으로 돌아간다고 해도 거기서 무엇을 할 수 있을까.

그동안 아임 주변을 돌던 까마귀 한 마리가 어깨에 내려와 말했어.

"마을 저편 오두막에 죽어 가는 늙은 인간이 있어. 너랑 이야기를 하고 싶어 해."

"그분은 내가 누군지 어떻게 알고?"

"네 가족을 알고 있대."

아임은 까마귀를 따라 반쯤 허물어진 오두막으로 갔어. 벌써 죽음의 냄새를 맡은 육지 해파리 세 마리가 벽에 붙어 있었어.

비단색 비늘로 온몸이 덮인 늙은 사람이 안에서 아임을 기다리고 있었어. 가슴과 배에 난 상처가 심해서 남은 시간이 얼마 되지 않아 보였어.

"네가 아임이구나."

노인이 말했어.

아임은 노인의 벽장에서 이불을 꺼내 피가 말라붙은 노인의 몸을 덮어 주고 물을 데워 가져다주었어. 노인은 긴 혀를 말아 물을 조금씩 빨아 마시며 이야기를 했어. 수도에서 아임의 가족이 얼마나 나쁜 일을 겪었는지. 마을로 달아난 가족이 어떻게 지옥견 무리의 습격을 받았는지. 얼마나 많은 사람이 그 짐승들과 싸우느라 다치고 죽어 갔는지.

"지옥견은 오로지 증오 때문에 사람들을 죽였어. 오로지 죽이기만 했고 죽은 사람들의 살은 단 한 점도 먹지 않았단다. 그만큼이나 인간들을 싫어했어. 달아나지 못한 사람들을 다 죽인 지옥견들은 너네 가족의 집으로 갔어. 그리고 너를 기다리고 있어."

"왜요? 저는 평범해요. 심지어 공주도 아니에요."

"나는 지옥견들의 마음을 읽었어. 이 모든 일은 그 짐승들에게 숨 쉬는 것만큼이나 당연한 일이야. 책임을 묻는 건 무의미하단다. 하지만 치료는 해 줄 수 있어."

노인은 물갈퀴가 있는 두 손으로 아임의 얼굴을 힘없이 잡왔어.

"의미 없는 우연의 조합이 나에게 준 힘을 줄게. 나는 늦었어. 하지만 너는 여기서 너만의 이야기를 만들어 낼 수 있을지도 몰라."

노인은 자신의 생각 속에 들어 있는 반짝이는 덩어리를 아임에게 전하고 죽었어.

아임은 육지 해파리들이 들어오게 오두막 문을 열어 주고 까마귀와 함께 밖으로 나왔어.

"뭔가 달라진 거 같니?"

까마귀가 물었어.

"육지 해파리들의 굶주림이 느껴져. 그리고 추위도. 저 짐승들이 저렇게 추워하는지 미처 몰랐어."

"몰랐던 것을 아는 것만으로 어떤 일을 이룰 수 있을까."

"모르겠어. 세상이 더 어둡고 비참해졌어."

아임은 까마귀와 함께 계속 서쪽으로 갔어. 그러는 동안 아이의 힘은 조금씩 자라났어. 아임은 친구인 까마귀뿐만 아니라 땅밑의 벌레와 눈에 덮인 나무의 마음도 읽을 수 있었어. 심지어 마음이 없다고 생각한 돌멩이들과 눈송이들도 희미한 목소리로 노래를 부르고 있었어.

열흘을 걷자 드디어 목적지인 집이 나왔어. 검은 토탄 벽돌로 지어진 3층 집은 지난번에 일어난 지진으로 반쯤 허물어져 있었어. 지옥견 세 마리가 현관 앞에서 망을 보고 있었어. 아임은 짐승들의 증오를 읽을 수 있었어. 하지만 개들은 으르렁거리고 몸을 떨면서도 아임을 습격하지 않았어. 집 안의 누군가가 아임을 기다리고 있었어.

아임은 까마귀를 밖에 남겨 두고 안으로 들어갔어. 무언가 묵직하고 외롭고 끔찍한 존재가 지하실에서 기다리고 있었어. 아임은 무섭고 추웠어. 노인의 유산을 물려받은 뒤로 두려움은 언제나 추위와 연결되었어.

아임은 계단을 타고 내려가 다섯 개의 문을 열고 복도 끝에 있는 방 안으로 들어갔어. 처음엔 수십 명의 사람들이 모여 있는 것 같았어. 하지만 부싯총으로 촛불을 켜고 보니 오직 한 명뿐이었어. 벽에 잔뜩 붙어 있는 커다란 거울들이 집단의 환상을 만들어 내고 있었어.

그 존재는 키가 컸어. 아주 말랐고 피부는 투명할 정도로 창백했고 쭈글쭈글했어. 몸에는 깃털도 비늘도 없었어. 얼마 안 되는 하얀 털 대부분은 아주 이상한 곳, 그러니까 턱과 입 주변에 나 있었어. 그것은 죽은 지옥견의 가죽을 엮어 만든 투박한 외투를 입고 있었어.

"너는 누구냐."

그 존재가 말했어.

"나는 아임이야. 여기는 내 집이야."

아임이 대답했어.

"그럴 리가 없다. 할망구는 어디 있느냐."

아임은 그 존재의 혼란을 읽었어. 상황이 서서히 이해됐어. 이 모든 건 죽은 노인의 음모였어. 죽어 가던 노인은 지금까지 싸워 왔던 저 존재와의 마지막 결전에 아임을 대신 내보낸 거야. 그러기 위해 수를 써서 저 존재를 아임의 가족 집에서 먼저 와 기다리게 했던 것이고.

그러는 동안 그 존재의 기억이 아임에게 들어왔어. 이제 아임은 알 수 있었어. 그 존재는 지구인의 마지막 순혈 남자 후손이었어. 이 행성의 다른 인간들이 링커 바이러스의 영향을 받아 끊임없이 변화하는 동안 소수의 인간들은 바이러스의 영향을 받지 않는 외딴곳에서 자식을 낳으며 숨어 살아왔던 거야. 점점 괴물로 변하는 친척들을 증오하면서. 마지막 가족이 죽고 혼자가 된 순혈 후손은 그 더러운 것들을 최대한 많이 괴롭히고 죽이기 위해 나왔어. 그리고 그 증오가 말의 피를 타고 지옥견을 포함한 다른 짐승들을 감염시켰어.

그렇다면 너는 물을 거야. 저 인간의 모습이 아임에게 낯설게 느껴졌다면 왕족은 대체 어떻게 생긴 거야? 그리고 너는 내가 지금까지 단 한 번도 왕족들의 외모를 묘사한 적이 없다는 사실을 깨달았겠지. 나는 이제 거울에 반사된 아임의 모습을 보여 줄 거야. 짧고 반짝이는 회색 털로 덮인 매끄러운 몸, 콧등 없이 콧구멍 두 개만 살짝 보이는 동그란 얼굴, 루비처럼 빨간 눈동자와 흰자위여야 할 부분이 새까만 눈. 선입견을 접고 보면 아름다울 수 있지만 어쨌건 인간은 아닌 모습. 이 행성 사람들은 지구인의 원래 모습을 잊어버렸고 새로운 모습을 기준 삼아 그것을 숭앙했던 거야.

그래. 그게 이 이야기의 반전이야.

지구인 남자는 자리에서 일어나 들고 있던 지팡이를 휘두르며 울부짖었어. 위에서 쿵쿵거리는 지옥견의 발자국 소리가 들렸어. 하지만 개들은 들어오지 못했어. 지하 복도의 다섯 개 문을 아임이 모두 막아 놨기 때문에. 아임은 자신의 감각과 경험을 사방에 흘리는 척하면서 다섯 개 문을 잠그는 부분은 교활하게 빼 버렸어.

남자는 지팡이 끝의 뚜껑을 벗겼어. 숨겨져 있던 날카로운 칼날이 촛불 빛에 반짝였어. 휘청거리는 칼날이 아임의 목을 스쳤어. 아이는 주변의 거울 하나를 들고 칼을 막았어. 거울은 깨졌고 조각 하나가 남자의 눈으로 들어갔어.

그때였어. 장막으로 가려져 있던 환기구를 통해 새들이 날아든 것은. 모두 까마귀의 친구들이었어. 수백 마리의 작은 새들이 남자에게 달려들었고 눈과 귀와 코와 입술을 쪼고 뜯었어. 남자는 비틀비틀 아임을 향해 다가오다가 쓰러져 죽었어.

마지막 문을 부수고 지옥견들이 들어왔어. 그 짐승들은 여전히 아임을 증오하고 있었어. 하지만 그 증오를 계속 채워 주던 지구인의 후손은 죽어 있었어. 개들은 혼란스러워했고 공격을 멈추었어.

아임은 지하실에서 나와 까마귀와 친구들이 기다리고 있는 밖으로 나왔어.

그 뒤로 아임은 바빴어. 죽은 지구인의 증오에 감염된 짐승들을 치유했어. 그리고 희미하게 스며든 지구인의 기억을 해독해 지구인들이 살던 깊은 산속의 마을에 갔어. 그곳에서 까마귀와 함께 그들이 남긴 기록들을 읽으며 겨울을 보냈어.

봄이 되자, 아임은 가방 하나에 책을 빼곡히 담고 마을을 떠났어. 그리고 수도로 갔지. 사람들에게 이 행성의 진정한 역사를 알려 주기 위해. 그들이 소중히 여기는 왕족의 전통이 얼마나 허망한지 알려 주기 위해.

이게 이 이야기의 끝이야. 그리고 모든 이야기의 끝이 그렇듯 그건 또 다른 이야기의 시작이기도 하지.

자, 이제 이 이야기의 주인공 이름을 왜 아임이라고 지었는지 들려줄게.

나는 이 글을 2025년 2월 25일에 쓰고 있어. 그래서는 안 되는데, 나는 이 글과 다른 단편 하나를 1월 말에 완성해 출판사에 보냈어야 했어. 하지만 2024년 말부터 나는 심각한 슬럼프에 빠졌고 내 생산성은 바닥을 쳤어. 영어에는 이런 상황을 가리키는 'writer's block'이라는 유용한 표현이 있어. 얼마 전 나는 필리핀 작가 미카 드 리언의 로맨스소설 『러브 온 더 세컨드 리드』(허선영 옮김, 한세예스24문화재단 2025)를 읽다가 writer's block을 번역한 '글길 막힘'이라는 표현과 마주쳤어. 하지만 편집자가 따로 주석을 단 걸 보면 이 표현은 그리 자주 쓰이지 않나 봐. 구글에 검색해도 한 줌밖에 안 나와.

2025년 2월 16일, 바닥을 구르며 어떻게든 생산적인 일을 피하려고 기를 쓰는 동안, 나는 그만 끔찍한 글을 읽고 말았어. 몇 년 전까지만 해도 절대로 읽을 리가 없다고 생각한 글. 배우 김새론의 사망 기사였어.

맞아. 음주 운전은 해서는 안 되었어. 자기가 저지른 사고에 대해서는 책임을 져야지. 하지만 대한민국 사회는 어떻게든 흐트러진 정신을 부여잡고 자신의 삶을 수습하려고 했던 이 젊은 여자를 어떻게 대했지? 모두가 손가락질을 하며 죽으라고 고함치는 것 같았어. 한 사람을 자살로 몰고 간 폭력이 어쩌면 이렇게 자잘하고 하찮게 파편화되어 있는지. 김새론이 파트타임으로 일하고 있던 카페에 굳이 연락해 그 사람을 쫓아내라고 한 사람들은 자기 손가락 끝에 영원히 지워지지 않을 작은 피 한 방울이 묻어 있다는 걸 알까?

이어지는 기사들을 읽는 동안 나는 김새론이 김아임이라는 이름으로 개명하고 카페 창업과 연예계 복귀를 준비하고 있었다는 사실을 알게 되었어. 그 사람에게 그건 두 번째 기회의 희망을 상징했는지 모르지. 하지만 김아임이라는 이름은 단 한 번도 제대로 쓰이지 못하고 주인과 함께 묻혀 버렸어.

나는 그 이름에게 기회를 주면 어떨까 생각했어. 나는 아직 끝을 내지 못하고 있는 원고의 이름 없는 주인공에게 아임이라는 이름을 붙였고 글이 어떻게 달라지는지 봤어. 그러자 며칠째 멈추었던 이야기가 결말까지 느릿느릿 기어가기 시작했어. 아마 이 이야기의 주인공은 이름이 있어야 제대로 행동할 수 있었던 애였나 봐. 이야기가 마무리 지어지자 나는 아직 비어 있던 제목 칸에 '아임'이라는 제목을 넣었어.

그래, 이게 아임이라는 이름의 사연이야. 이제 다 알았으니 자리를 비켜 주겠어? 난 아직 끝내지 못한 다른 단편을 마무리 지어야 해. 아직도 남아 있는 '글길 막힘'과 싸워 가며.

임라이와 거인들

임라이는 거인들의 세계에 살고 있었다.

홈보랑사 행성계에 속한 두 번째 행성의 가장 큰 달이었다. 오랜 차단 기간 동안 표준 지식을 많이 잊어버린 거인들은 그곳에 맞춘 복잡하고 아름다운 달력을 만들었고 자랑스러워했다.

동서로 길쭉한 남쪽 대륙에 위치한 상마나가 왕국의 거인들은 키가 6미터 정도에 코끼리처럼 털 없는 회색 피부를 가지고 있었다. 작고 동그란 눈은 초록색이었고 180도로 움직일 수 있는 귀는 나팔 같았다. 목소리는 튜바처럼 웅웅거렸고 종종 임라이가 들을 수 없는 저주파로 내려갔다.

임라이는 이 세계에 사는 유일한 라바스쿠르 사람이었다. 링커 로봇들에 의존하는 대신 스스로 준광속 우주선을 만들어 이웃 행성계로 여행을 떠난 라바스쿠르의 모험가들은 천

년 넘게 차단되었던 이 세계에서 표준력으로 13년 동안 머물다 떠났다. 그들이 떠나기 전에 거인들은 아기 만드는 기계 하나를 강탈했는데, 임라이는 우주선이 떠난 뒤 거기서 태어났다. 기계는 그 직후 고장 났고 다른 아기들은 태어날 수 없었다.

임라이는 상마나가 왕궁에서 사치품 취급을 받았다. 아이의 가느다란 팔과 작은 손은 거인들의 귀와 코를 깨끗하게 청소하는 것에서부터 작은 기계를 만들고 조립하는 것에 이르기까지, 거인들이 할 수 없는 온갖 일이 가능했다. 라바스쿠르인의 평균 수명은 거인의 절반 가량인, 표준력으로 150살 정도였다. 왕궁의 학자들은 임라이를 그 짧은 기간 동안 심하게 학대하지 않으면서도 부려먹을 수 있는 방법을 연구했다. 운이 좋다면 그들은 임라이의 손을 빌려 그만큼이나 정교한 일을 하는 기계를 만들 수 있을지도 모른다.

임라이는 감옥에 갇힌 기분이었다. 거인들이 싫지는 않았다. 하지만 오로지 도구와 장난감으로서 존재하는 삶이 좋기만 할 수는 없었다. 아이는 라바스쿠르 사람들이 남겨 놓은 종이 백과사전을 뒤적거리며 자기처럼 작은 사람들의 삶과 모험에 대해 꿈꾸었다. 아쉽게도 그 책은 프랑스어로 쓰였기 때문에 내용을 온전히 이해할 수 없었다. 아이는 오로지 그림만으로 그 세계를 상상했다.

"우리도 예전엔 너와 같았단다."

임라이를 가르치던 마마 움가리가 말했다.

"대륙 서쪽 끝에 가면 너만 한 사람들이 살던 마을의 유적이 있어. 역사를 잊어버렸던 시절, 우린 그것이 요정들의 마을이라고 생각했고 그 이상함에 감탄했단다. 너의 종족 사람들이 하늘에서 내려와 그게 아니라는 걸 알려 주었지. 이상한 건 우리였어. 하늘길이 다시 뚫리면 너와 같은 사람들이 여기로 찾아오겠지. 그 사람들은 우리를 어떻게 생각할까."

그 이야기를 나누고 얼마 되지 않아 마마 움가리는 말과 지력과 기억을 잃은 짐승이 되어 숲속으로 들어갔다. 동료들과 친척들은 한때 왕국의 가장 영민한 학자였던 거인의 몸에서 장신구를 벗기고 노래를 부르며 숲까지 배웅했다. 그것이 이 세계의 장례식이었다. 마마 움가리가 그 뒤 짐승으로 살아갈 몇십 년은 다른 세계에 속해 있었다.

마마 움가리의 자리는 마마 암구야나가 물려받았다. 일반 교양을 중시했던 마마 움가리와는 달리 마마 암구야나는 실용적인 기술에 관심이 많은 학자였다. 그 밑에서 임라이는 의술을 배웠다. 아이의 작은 손은 불가능하다고 여겨졌던 정교한 수술을 할 수 있었다. 아이는 벌거벗은 채 거인들의 몸 안으로 들어가 병든 조직을 긁어내고 기생충을 끄집어내고 혈관을 자르고 묶었다. 전엔 그냥 죽음을 기다릴 수밖에 없었던 수많은 거인이 임라이 덕택에 목숨을 건졌다.

표준력으로 16살 4개월, 거인들의 달력으로 파란 별 노란

폭풍 회색 물결의 나이가 된 생일날 밤, 임라이는 해적에게 납치당했다. 해적들은 왕궁 신하들을 수룡 이빨이 박힌 몽둥이로 때려눕히고 거미줄로 만든 생일 드레스를 입은 임라이를 그들의 범선으로 끌고 갔다.

해적들은 모두 바다 거인이었다. 그들은 두 대륙 사이의 다도해에 살았다. 상마나가의 거인과는 달리 파랗고 매끈한 피부에 물갈퀴가 난 두 발은 넓고 평평했다. 그들은 상마나가와 카사카히 사이의 갈등을 자신들의 이익을 위해 이용했다.

상마나가의 선원들이 뒤를 쫓았지만, 잘 길들인 수룡 두 마리가 끄는 해적선을 따라잡을 수는 없었다. 해안과 배들은 순식간에 수평선 너머로 사라져 버렸다.

선실에 갇힌 임라이는 선원들의 이야기를 엿들었다. 그들은 속삭이고 있었지만, 이 세계에 임라이가 들을 수 없는 속삭임은 없었다. 종종 나오는 저주파의 으르렁거림은 모두 욕설이었기 때문에 넘겨도 상관없었다.

다도해의 해적들은 임라이를 남극 대륙의 카사카히 왕국에 팔아넘길 계획이었다. 카사카히의 공주 파사차리가 중병을 앓고 있다는 건 상마나가 거인들도 알았다. 아마도 임라이의 손을 빌려 수술을 받으면 나을 가능성이 있다는 것도. 상마나가 왕궁에서는 임라이를 정치적으로 이용할 계획을 세우고 있었다. 공주의 목숨을 구하기 위해 카사카히 왕국은 얼마나 많은 걸 포기할 수 있을까. 카사카히와 상마나가는 사이가 좋지 않았다. 두 나라 사이의 전쟁은 없었다. 거인들은 국가 단위의 폭력이 가능하다고 생각하지도 않았다. 하지만 쉽게 깨뜨릴 수 없는 증오와 혐오의 감정이 두 대륙 사이에 흘렀고 세상에는 전쟁 말고도 나쁜 일들이 많았다.

이틀 뒤, 해적선도 그 나쁜 일 중 하나에 말려들었다. 해적선에 임라이가 실려 있다는 걸 알아차린 다른 해적선의 습격을 받은 것이다. 피 튀기는 전투가 벌어졌다. 그건 홈보랑사 거인들이 상상할 수 있는 가장 큰 폭력 행위였다.

첫 번째 해적선이 침몰하면서 전투는 끝났다. 사슬이 풀린 수룡들은 모두 달아났고 속이 빈 나무로 만든 판자들이 배가 있던 자리에 떠다녔다. 승리한 해적들은 임라이가 타고 있던 배의 잔해를 뒤졌지만 임라이는 보이지 않았다. 어떻게 보더라도 그 습격은 어리석었다. 하지만 다도해의 해적들은 처음부터 섬세함과 거리가 먼 무리였다.

달아난 수룡 한 마리가 임라이를 태우고 있었다. 아이는 수룡을 처음 보았지만, 그 짐승을 어떻게 조종하는지 알고 있었다. 이 달에 사는 용들은 눈과 귀 사이에 손바닥처럼 생긴 볏이 나 있었는데, 그 볏을 아주 섬세하게 만지면 용들을 조종할 수 있었다. 거인들에게는 불가능했다. 오로지 임라이의 작은 손만이 할 수 있었다. 마마 움가리는 왕궁에서 키우는 다양한 용들을 이용해 임라이를 훈련시켜 왔다.

임라이와 수룡은 남극 대륙 끄트머리의 작은 만에 도착했다. 무너진 둑에 간신히 발을 디딘 아이는 수룡을 해방시키고 숲을 향해 걸어 들어갔다. 한참 걷자, 반구형으로 쌓인 흙더미가 보였다. 해변의 용이 알을 부화시키기 위해 만든 알둥지였다. 임라이는 둥지 안으로 들어가 썩어 가는 풀과 흙이 내는 열기를 느끼며 잠들었다.

다음 날 새벽, 어미 용이 찾아오기 전에 눈을 뜬 임라이는 조심스럽게 알둥지에서 빠져나왔다. 흐트러진 흙을 다듬어 흔적을 지운 임라이는 먹을 만한 것을 찾으러 숲속 깊이 들어갔다. 상마나가의 숲과는 달리 남극 대륙의 숲은 단조로웠다. 상마나가에는 널려 있는 뿌리알이나 별빛딸기 같은 건 없었다. 그나마 검은 버섯들이 먹을 만해 보였지만 임라이는 도박을 하고 싶지 않았다.

지쳐서 단 한 걸음도 걷고 싶지 않다는 생각이 들었던 바로 그 순간, 거인 한 명이 나타났다. 온몸에 털실 같은 갈색 털이 난 카사카히의 거인이었다. 임라이는 잠시 겁에 질렸지만 거인의 구부정한 자세와 탁한 눈을 보고 자연으로 돌아간 노인이라는 사실을 알아차렸다. 거인은 천천히 옆에 있는 나뭇가지를 하나 꺾어 입에 넣고 씹었다. 누런 진액이 뚝뚝 떨어지고 날벌레들이 날아들었다. 임라이는 거인이 버리고 간 가지의 끝을 잘라 씹었다. 진액의 달콤한 맛이 혀에 느껴졌다.

안심이 됐다. 이곳은 노인들의 숲이었다. 상마니가와 마찬가지로 카사카히에서도 출입 금지 지역인 곳. 임라이가 이곳에 있다는 걸 알아차리면 거인들도 여기에 수색대를 보내겠지만, 임라이처럼 작은 존재를 숨겨 줄 만한 곳은 얼마든지 있었다.

사흘이 지나고 엿새가 지나고 아흐레가 지났다. 나무뿌리 옆 동굴에 거처를 정하고 노인들을 따라다니며 먹을 것들을 찾아 모으던 임라이는 서서히 이 숲에 자기만 한 다른 누군가가 모여 살고 있다는 사실을 알아차렸다. 처음에는 그냥 그러려니 했다. 임라이만 한 짐승들이 있다는 것 자체는 이상한 일이 아니었다. 종종 발견되는 버려진 용의 시체만 봐도 임라이 절반만 한 짐승들이 머리를 박고 뼈에 붙은 고기를 씹고 있었다.

하지만 숲에 익숙해지자 다른 것들도 눈에 뜨였다. 꼼꼼하게 숨긴 모닥불 흔적, 아무래도 두발짐승이 남긴 것 같은 발자국들, 그리고 찢어진 초록색 천 조각. 마지막이 결정적이었다. 거인들은 옷을 입지 않았고 무엇보다 이렇게 얇은 천을 짤 수 없었다. 임라이가 입고 있는 옷은 모두 라바스쿠르 사람들이 남기고 간 것이거나 아이가 거미줄을 모아 직접 짠 것이었다.

열흘째 되던 날, 임라이는 자기만큼 작은 누군가가 조용히 뒤를 따르고 있다는 사실을 알아차렸다. 소름이 쫙 끼쳤다. 낯설고 이상한 경험이었다. 늘 자신과 비슷한 존재를 꿈꿔 왔지만, 상상 속 존재가 현실 세계에 직접 나타나다니. 그 미지의 존재는 다도해의 해적들보다 더 무서웠다.

임라이는 달아났다. 뒤에서 달려오는 발자국 소리가 들렸지만, 돌아보지 않았다. 백 걸음 정도 달렸을 때 그것이 임라이의 등을 덮쳤다. 둘은 팔다리가 엉킨 채 언덕 밑으로 굴렀다.

임라이는 눈을 뜨고 자신을 덮친 존재를 올려다보았다. 초록색 옷을 입은, 임라이보다 조금 작은 사람이었다. 모자 밑의 머리칼은 하얬고 회색 눈에 귀는 뾰족했다. 나이는 임라이와 비슷하거나 조금 많아 보였지만 낯선 종족의 나이는 쉽게 짐작할 수 있는 게 아니었다.

"너구나, 하늘에서 온 애가."

그 사람이 2옥타브 높은 카사카히말로 말했다.

"나는 임라이야."

임라이가 속삭였다.

"난 네 이름을 물은 적 없어. 네가 무슨 짓을 저질렀는지 아니? 다도해 해적들이 숲을 뒤지며 너를 찾고 있어. 너 때문에 우리도 들통날지도 몰라."

"미안해."

그 사람은 먼지를 툭툭 털고 일어나더니 고개를 절레절레 흔들었다.

"……네 잘못은 아니지. 내 이름은 토바야. 우리 마을로 데려다줄게."

임라이는 토바의 뒤를 따랐다. 한참을 걷자, 나뭇잎으로 감추어진 작은 동굴 입구가 나왔다. 네발로 기어 조금 더 가니 계단이 나왔다. 계단을 내려가니 예상했던 것보다 훨씬 큰 지하 마을이 눈에 들어왔다. 그곳은 이상하게 밝았다. 나중에야 임라이는 이 마을 사람들이 나무 곳곳에 숨겨 놓은 크리스털 줄기를 이용해 지상의 빛을 지하로 전달하는 기술을 개발했음을 알게 되었다.

초록 옷을 입은 사람들이 임라이의 주변에 몰려들었다. 대부분 카사카히말로 말했고 몇 명은 상마나가말을 했다. 임라이는 혼란스러웠다. 이토록 높은 목소리로 말하는 사람이 나 말고도 이렇게나 많다니. 갑작스러운 고음의 습격으로 귀가 간지러웠다.

한참 이야기를 듣고 나서야, 임라이는 마을 사람들에 대해서 알게 되었다. 기대와는 달리 마을 사람들은 다른 별 출신이 아니었다. 모두 초록색 파도의 해에 어떤 카사카히 어부가 낳은 작은 아기의 후손이었다. 알 수 없는 어떤 이유로 거인들의 몸에 묻혀 있던 옛 유전자가 깨어나 마을 사람들에게 이어진 것이다. 그들은 모두 숲 바깥의 거인들이 자신들을 해칠까 봐 두려워하면서 지하에 숨어 마을을 세웠다.

"그러다 우린 우리처럼 작은 사람들이 하늘에서 내려왔다는 사실을 알게 되었어."

토바가 말했다.

"우리는 몰래 사절을 보내 그 사람들에게 우리 마을 사람들도 데려가 달라고 부탁하려고 했어. 하지만 우리가 주저하는 동안 그 사람들은 다시 자기 배를 타고 하늘로 가 버렸어. 우린 네가 그 뒤에 태어났다는 걸 알았어. 하지만 너는 하늘로 가는 길에 대해 전혀 모르잖아."

"맞아. 하지만 나는 다른 걸 많이 알아. 그리고 상마나가의 큰 사람들은 나를 필요로 해. 아마 너희들도 필요로 할지도 몰라. 세상에는 작은 손을 쓸 곳이 많아."

"큰 사람들은 우리를 노예로 삼을지도 몰라."

"나는 노예가 아니야."

"하지만 해적들도 그렇게 생각할까? 카사카히의 큰 사람들은?"

임라이는 대답할 수 없었다.

마을 사람들은 임라이에게 새 옷을 주고 그들이 직접 만든 책을 빌려주었다. 책에는 마을 사람들이 수 세기 동안 숲속에서 살아오면서 쌓은 지식이 카사카히 말로 적혀 있었다. 독서하는 사이사이 토바와 마을 사람들이 책에 적혀 있지 않은 이야기들을 들려주었다.

식량을 구하러 바깥에 나간 사람들은 걱정되는 소식을 하나씩 들고 돌아왔다. 거인들이 숲 이곳저곳에서 목격되었다는 것. 모두 반짝거리는 피부를 가진 다도해 거인들이었다. 임라이가 살아서 이 숲으로 탈출한 걸 알아차린 해적들이 숲을 뒤지고 있는 것이었다. 마을은 수 세기 동안 거인들로부터 안전했다. 하지만 그때까지 거인들은 금기를 엄격하게 지켰고 숲에 거의 들어오지 않았다. 하지만 이렇게 작정하고 들어와서 무엇을 찾아낼지 어떻게 알겠는가.

"난 떠나야겠어. 내가 있으면 마을 사람들이 위험해져."

임라이가 말했다.

"하지만 네가 떠나도 해적들은 계속 숲을 뒤질 거야."

토바가 말했다.

"맞아. 그러니까 해적에게 내가 숲을 떠났다는 걸 알려야 해."

"어떻게?"

"난 무지개용을 타고 숲을 날아서 빠져나갈 거야. 해적들이 볼 수 있도록."

"무지개용으로는 상마나까지 갈 수 없어."

"거기까지 갈 생각은 없어. 나는 카사카히 왕궁으로 갈 거야."

"왜?"

"거기에 내 도움이 필요한 환자가 있으니까."

"카사카히 사람들이 너를 납치하려고 해적을 고용했을지도 몰라. 그런데도 거기 공주를 돕겠다고?"

"그렇다고 공주가 환자가 아니라는 뜻은 아니잖아."

토바는 설득되었다.

다음 날 아침, 임라이는 토바를 포함한 마을 사람들 다섯 명과 함께 숲 가운데에 있는 외딴 산으로 갔다. 산꼭대기에는 무지개용의 둥지가 있었다. 이 세계에서 두 번째로 큰 날짐승이었다.

임라이 일행이 산을 오르는 동안 검은 뿔이 하나 난 작고 검은 용들이 그곳으로 모여들어 꽥꽥 소리를 냈다. 다도해 거인들이 사냥용으로 쓰는 짐승이었다. 어리석은 해적들도 있었지만, 똑똑한 해적도 있었다. 그 똑똑한 거인들이 임라이의 계산을 읽은 것이다. 하늘에서 온 아이가 자발적으로 공주가 있는 왕궁에 간다면 몸값은 없다.

쿵쿵거리는 소리가 점점 가까워져 갔다. 임라이 일행은 속도를 냈지만, 산의 경사가 가팔라져 쉽게 오를 수가 없었다. 그리고 길잡이가 알려 준 가장 빠른 등산로는 종종 노출되어 있었고, 아무리 근처 나무에 몸을 숨기려 해도 검은 용들은 또다시 일행을 찾아냈다.

드디어 다도해 해적들의 험악한 얼굴이 아래쪽에 보이기 시작했다. 길잡이는 경사가 거의 수직인 길 주변에 좁다랗고 구불구불한 샛길이 나 있는 쪽으로 일행을 데려갔다. 거인들은 오를 수 없는 길이었다. 하지만 해적들은 보다 평탄한 길을 찾았고 작은 사람들이 아무리 발버둥을 쳐도 곧 따라잡힐 것 같았다.

그때 거대한 갈색 손 하나가 해적 한 명의 목을 움켜쥐더니 절벽 아래로 집어 던졌다. 언젠가부터 카사카히의 노인들이 해적 뒤를 따르고 있었던 것이다. 그들이 지금 벌어지고 있는 복잡한 정치적 상황을 이해하고 있을 리는 없었다. 하지만 침입자를 몰아내야 한다는 단순한 동기는 지력이 날아가는 동안에도 남아 있었다.

노인들과 해적들의 몸싸움이 벌어지는 동안 임라이는 마을 사람들과 함께 산 정상에 올랐다. 둥지에는 무지개색으로 반짝이는 용이 똬리를 틀고 잠들어 있었다.

임라이는 겁이 났다. 상마나가의 용들은 길들여져 있었다. 수룡에 올라탔을 때는 모든 게 정신없는 상황이라 겁을 낼 여지가 없었지만 이 세계 최고 포식자 중 하나인 이 날짐승 위에 타는 건 사정이 달랐다. 그것도 하늘을 날아야 한다니.

토바가 등에 메고 있던 가방에서 그물을 끄집어냈다. 임라이는 양다리를 그물 구멍에 끼우고 그물 양쪽 끝을 쥔 채 천천히 용에게 다가갔다. 용의 뜨거운 입김이 느껴졌다.

용이 눈을 떴다. 임라이는 너무 가까이 있었다. 막 잠에서 깨어난 거대한 짐승이 무척 작은 몸집을 가진 임라이를 단번에 포착할 수 있는 상황이 아니었다. 용이 눈을 깜빡이는 순간에 임라이는 용의 목에 올라타고 그물을 양쪽 뿔에 걸었다.

용은 몸부림을 치며 하늘로 날아올랐다. 임라이의 몸은 그물에 걸려 추락을 면했다. 임라이는 그물을 움켜쥐고 다시 목에 올라탔다. 볏을 만지기는커녕 몸의 균형도 잡기 어려웠다.

임라이는 상마나가의 동화책에 나오는 노래를 하나 골라 불렀다.

용아 용아, 날 태워 다오
두 팔 벌려 기다리니
바람 따라 너와 함께
저 먼 데까지 가 보자

용을 타고 하늘을 나는 것은 동화책에서는 불가능한 환상이었다. 이 세계에는 거인들을 태우고 하늘을 날 수 있는 날짐승이 존재하지 않았다. 하지만 임라이에게는 그냥 극복해야 할 건조한 현실이었다.

노래 때문인지 용은 조금 순해진 것 같았다. 그 순간을 노려 임라이는 양쪽 볏을 잡았다. 팽창하는 혈관의 열기가 느껴졌다. 임라이의 손가락들이 그 위를 어루만졌다. 볏은 다시 느슨해졌고, 거대한 무지갯빛 몸은 그 위에 찬 조그만 인간의 명령에 복종했다. 용이 아직도 노인들과 해적들이 싸우고 있는 산 꼭대기를 한 바퀴 돌더니 왕궁이 있는 도시를 향해 날아갔다.

정오가 되었을 때 용은 도시에 도착했다. 겁에 질린 거인들의 고함이 들렸다. 용은 거인들이 사는 곳에 가지 않았다. 무지개용이 도시에 나타났다는 것은 카사카히의 거인들에게 불길하고 무시무시한 징조처럼 보였다.

용은 왕궁의 평평한 옥상에 착륙했다. 검고 길쭉한 창을 든 보안대원들이 올라와 임라이와 용을 둘러쌌다. 임라이는 용을 만져 날려 보내고 최대한 정중한 카사카히말로 말했다.

"나는 상마나가에서 온 임라이입니다. 여러분이 저를 필요로 하신다는 말을 듣고 왔습니다."

상황이 어떻게 돌아가는지 알아차린 왕실 의사가 옥상으로 달려왔다. 임라이를 어깨에 태운 거인 의사를 따라, 임라이는 드디어 지하 별실에서 갈색 털에 덮인 파사치리 공주의 커다란 얼굴을 마주할 수 있었다. 그리고 저녁부터 자정까지 의사의 지시를 받아 가며 공주 심장 안에 붙어 있는 기생 생물들을 제거했다.

공주의 치료가 끝나자 임라이는 카사카히 왕궁 거인들로부터 영웅 취급을 받았다. 그들은 임라이에게 최대한 곱게 썰어 삶은 야채로 만든 죽을 주었고 큰 그릇에 건초를 담아 침대를 만들어 주었다.

건초 안에 몸을 쑤셔 넣은 임라이는 앞으로 다가올 미래를 생각했다. 노인들의 숲에 숨어 있던 작은 사람들은 더 이상 숨어 살 수 없었다. 이미 다도해에는 남극에 사는 작은 사람들에 대한 소문이 퍼졌을 것이다. 은둔 생활을 끝내고 거인들과 함께 살 수밖에 없었다. 두 종족이 만난다면 무엇을 이룰 수 있을까. 그 세계는 얼마나 다채롭고 아름다울까. 하지만 그 모든 것을 상상하기에는 너무 지쳐 있었다. 아이는 눈을 감았고 곧 꿈도 없는 깊은 잠 속으로 빠져들었다.

『별이가 우리에게 왔을 때』는 링커 유니버스 이야기를 모은 책이다. 이 세계를 다룬 다른 글로는 『제저벨』(인다 2023)과 단편 「브로콜리 평원의 혈투」와 「안개 바다」(『브로콜리 평원의 혈투』, 자음과모음 2011)가 있다. 나는 이 책만으로 여러분이 이곳을 이해할 수 있도록 최선을 다했다.

「자코메티」는 내 경력 초창기에 시작했던 이야기다. 당시 나는 소위 불량 청소년으로 분류되었던 남자아이들과 대화를 나눌 기회를 얻은 적이 있었다. 다시 올 리가 없는 기회에 흥분한 나는 그 애들로부터 끄집어낸 온갖 정보들을 조합해 구로동 주변을 배경으로 한 식인 괴물 이야기를 쓰기 시작했다. 고맙게도 중간에 정신이 들었고 작업은 중단되었다. 완성되었다면 아주 무례하고 착취적인 글이 나왔을 것이다.

링커 유니버스를 배경으로 하는 단편들을 쓰는 동안 묻혀 있던 이 소재는 다시 끌려 나왔다. 아무래도 이 시리즈를 처음 접하는 독자들을 위한 설정 설명에 도움이 될 것 같았다. 배경은 시리즈 초반에 주어진 설정에 맞추어 안양으로 옮겨 갔고 보다 내가 다루기 쉬운 아이들로 주인공들이 바뀌었다. 처음 이야기에서는 천규만 살아남았다.

소설 속 안양의 묘사는 여전히 80~90년대 구로공단으로부터 내가 받은 인상과 연결되어 있었다. 철없는 구경꾼이었던 나에겐 그곳이 서울의 다른 곳에서 완전히 분리된, 독자적인 시스템으로 움직이는 낯설고 신기한 곳이었다. 적어도 그렇게 기억한다. 세월이 흐르는 동안 내 기억이 얼마나 흐트러졌는지 어떻게 알겠는가.

「별이」도 내 경력 초기에 시작했다가 끝을 보지 못한 이야기에서 출발했다. 당시 하이텔에서는 나 같은 '통신망 작가들'에게 게시판을 하나 주고 이야기를 쓰게 했다. 나는 「천 척의 배」라는 제목으로 글을 쓰기 시작했는데, 중간에 의욕을 잃어버렸다. 마감도, 원고료도 없는 상태에서 글을 쓰는 건 쉽지 않다. 다행히도 몇십 년 뒤, 그때 썼던 이야기를 링커 유니버스에 이식하자 막혔던 이야기가 풀리기 시작했다. 이때는 마감도, 원고료도 있었다. 일이 꼬여 조금 늦게 소개되긴 했지만.

이 이야기에는 세 가지 시작점이 있다. 하나는 핀란드의 스웨덴어 작가 사카리아스 토펠리우스의 고전 『별의 눈동자』(일

신각 1984; 개정판 『별의 눈』, 보림 2009)다. 어렸을 때 이 작품은 나에게 세상에서 가장 오싹한 이야기였다. 두 번째는 일련의 야생아 사례로, 나는 특히 지니 사건을 집중적으로 연구했던 거 같다. 물론 그때는 그때이고 다시 작업하면서부터는 그냥 백지 상태에서 시작했다. 마지막 것은 제임스 T. 플로커라는 감독의 1979년작 「The Alien Encounters」라는 영화였는데……. 아니, 챙겨 볼 필요는 없다. 하지만 이 싸구려 UFO 영화는 당시 나에게 은근히 강한 인상을 남겼고 나는 어떻게든 그때 감흥을 재현하고 싶었다.

『제저벨』을 기획했을 때, 나는 지금 책으로 나온 네 편의 이야기 사이에 다른 행성 배경의 단편들을 하나씩 끼워 넣을 계획이었다. 그랬다면 책이 너무 두꺼워졌을 것이다. 「나나의 테크니컬러 유니버스」도 그때 기획했던 단편에서 시작한다. 하지만 쓰는 동안 도입부의 대사와 아광속 우주선의 설정만 빼면 완전히 다른 이야기가 나왔다. 작업 기간이 지나치게 길어지면 종종 생기는 일이다.

이 이야기에는 AI의 작업이 섞여 있다. 뮤지컬 영화 「36번가의 연인들」의 내용은 제미나이가 썼고 제목은 클로드가 지었다. 제미나이에서 사용된 프롬프트는 "1930년대 하노이가 배경인 뮤지컬 영화 줄거리를 써 줘."였다. 아직까지는 AI가 특별히 좋은 시나리오 작가라는 생각은 들지 않는다. 하지만 미래는 알 수 없다.

나는 김새론과 관련된 일련의 끔찍한 폭로가 터지기 전에 「아임」을 완성했다. 그 이야기를 굳이 본문에 추가하고 싶지는 않다. 다시 한번 명복을 빈다.

「임라이와 거인들」에 대해서는 할 말이 별로 없다. 기진맥진한 채 텅 빈 극장 안에 늘어져 있다가 갑자기 들린 환청에서 제목을 따와 그냥 쓰기 시작했다는 것밖에. 내 뇌가 왜 그 짧은 침묵을 이런 것으로 채우려 했는지는 아직도 모르겠다.

서두에 인용된 사카리아스 토펠리우스의 시 문구에 대해. 스웨덴어 원문 "Jag är icke den du tror, ty ditt öga tåras."을 직역하면 "나는 네가 생각하는 그 존재가 아니란다, 네 눈물이 고이기에."이다. 하지만 핀란드 번역가 K. A. 바라넨이 이 문구를 "En mä ole, lapseni, lintu tästä maasta."로 번역했는데, 이것을 옮기면 "나는 이 세상의 새가 아니란다, 아이야."에 가깝게 된다. 시를 부분 인용하는 입장에서는 아무래도 이쪽을 취할 수밖에. 토펠리우스는 아들 라파엘이 한 살 때 죽고 나서 이 시를 썼다.

2025년 7월 31일
듀나

소설Y

별이가 우리에게 왔을 때

초판 1쇄 발행 • 2025년 11월 7일

지은이 • 듀나
펴낸이 • 염종선
책임편집 • 구본슬
조판 • 박아경
펴낸곳 • (주)창비
등록 • 1986년 8월 5일 제85호
주소 • 10881 경기도 파주시 회동길 184
전화 • 031-955-3333
팩스 • 영업 031-955-3399 편집 031-955-3400
홈페이지 • www.changbi.com
전자우편 • ya@changbi.com

ⓒ 듀나 2025
ISBN 978-89-364-3165-5 03810